***Cécile Pardi** est une auteure franco-suisse. Elle a toujours eu des animaux de compagnie, des chiens, des chats et, depuis une dizaine d'années, des chevaux. Elle chemine en leur compagnie. Ses romans s'inspirent de ses expériences de vie, alors bien sûr, ils font la part belle à ses bêtes.* Les Semeurs de bonheur *est son premier roman.*

LES SEMEURS
DE BONHEUR

Du même auteur

Les Semeurs de bonheur, Albin Michel 2019,
Mon Poche 2021

Les chevaux de cœur, Albin Michel 2021

MON POCHE
14 avenue des Droits de l'Homme – 45000 Orléans

Cécile Pardi

Les Semeurs de bonheur

MONPOCHE

À Perrine, Martin et Sylvie
et tous les autres colibris
à qui je souhaite belle et longue vie

JE SUIS RESTÉE trois mois dans le coma. À mon réveil, une deuxième vie m'attendait. Plus belle, plus vraie, plus intense.

Évidemment, le coma, ce n'est pas une méthode que je conseillerais à tout le monde. Il y a d'autres façons de trouver le bonheur.

D'ailleurs, ce n'est pas le coma en soi mais plutôt ce qui s'est passé pendant que je n'étais pas là qui a tout changé. J'avais sans le savoir semé quelque chose qui a magnifiquement germé pendant l'hiver de mon absence.

Permettez-moi de vous raconter mon histoire.

Pour cela, revenons en arrière, au commencement.

1

Au commencement

TELLE QUE VOUS ME VOYEZ LÀ, je suis dans ma cuisine, assise dans le silence. Si je ne bouge pas, il ne se passera rien. Personne ne toquera à ma porte pour me demander si je veux un café ou si je peux lui photocopier un dossier. Le téléphone ne sonnera pas pour me donner quelque chose à faire. Le téléphone ne sonne plus.

Je dois bouger, me bouger. Je le sais. Je fais tout ce que je peux, je crois. J'ai passé les derniers mois devant mon ordi à chercher un nouveau travail. J'ai lu des tonnes de petites annonces, écrit des dizaines de lettres, attendu des jours, des semaines, reçu des réponses parfois, négatives toujours. Les enveloppes portent mon nom, Perrine Delafoy. Avant de les ouvrir, je lis Delafoy – de-la-foi – et je me dis : « Peut-être que cette fois… » Avec un nom pareil, je m'efforce d'être optimiste. De la foi, j'en ai eu beaucoup mais maintenant… maintenant, mon stock s'épuise. Soyons réalistes. La comptabilité est désormais confiée à des machines ou à des gens qui vivent dans des pays où les salaires sont plus bas qu'ici. Et puis, j'ai cinquante ans. Officiellement, tout va bien. Je suis en pleine forme, bourrée de compétences, « *au summum de mon art* », comme on dit. Mais pour la société, ma date de validité semble dépassée. Je suis un vieux yaourt à qui on conseille plus ou moins gentiment de se recycler. C'est déjà une bonne nouvelle : je suis recyclable ! Mais en quoi ? Il y a plein de jeunes qui sont déjà formés dans tous les domaines et qui sont quand même au chômage…

Je suis là, dans ma cuisine, avec le temps pour seul compagnon, le temps qui s'étire infiniment. Les heures se font longues, les jours interminables. Mon premier ennemi est l'ennui dans lequel je m'enlise.

Alors, pour oublier ce temps infini, je passe des heures sur Internet. Après les sites d'annonces d'emploi, je divague doucement de clic en clic. Une heure, deux heures, la matinée… Je tente d'oublier ce que je suis devenue : une chômeuse qui vit aux frais de la société. Une inutile qui traîne sa déprime toute la journée, toute la soirée et jusque dans son lit. En fait, je ne sors quasiment plus. Je n'ose plus aucune dépense superflue. M'inscrire dans un club de gym, faire du shopping avec les copines, ce n'est plus possible, je me l'interdis. Mon mari craint que je tombe en dépression et m'encourage à vivre comme avant mais j'ai trop mauvaise conscience. C'est peut-être un défaut professionnel – une comptable, ça compte ses sous – ou bien alors la peur que l'avenir soit encore plus difficile…

À propos d'avenir, mon amie Marlène est enceinte. C'est arrivé comme ça, ce n'était pas prévu et ça ne tombe pas très bien. Elle va devoir s'arrêter et comme elle travaille au noir, elle n'aura pas de rentrée d'argent pendant un bon moment. Son mari est agriculteur, il gagne à peine de quoi nourrir les bêtes. Un bébé, ça promet beaucoup de dépenses. Comment vont-ils faire pour s'en sortir ?

Presque sans y penser, je tape dans un moteur de recherche « layette bébé pas chère ». Je tombe sur un site de petites annonces, je fais défiler les pages sans vraiment les regarder lorsque, soudain, j'ai une idée. Je pourrais passer une annonce, moi, pour demander si quelqu'un aurait des vêtements et tout ce dont rêve une jeune maman : berceau, commode à langer, baignoire, poussette… la liste est longue. Je tente ma chance : « Je cherche, pour une amie dans le besoin qui attend son premier enfant, tout ce qu'il faut pour bien accueillir son bébé. Si possible gratuit ou à tout petit prix. D'avance un grand merci ! Perrine. Contact : perrine.17@yahoo.fr »

Ce serait chouette si je pouvais l'aider. Cette idée me donne un peu d'énergie et je remarque que le soleil brille. Je vais aller faire un petit tour, ça ne coûte rien et bouger me fera du bien.

Pour éviter d'aller en ville vers les magasins et les tentations, je prends le chemin le long du canal derrière la maison. Selon la météo de mon humeur, il peut être lugubre ou ravissant.

Je suis assez contente de mon idée pour Marlène. J'imagine en marchant le trousseau de son bébé et ce que je pourrais peut-être lui apporter. Nous sommes mi-février, le printemps pointe le bout de son nez. L'air est délicieusement clair et doux, les oiseaux s'époumonent à réveiller la nature.

C'est en passant sous le pont de la nationale que j'ai entendu comme un piaillement. Ça sortait de sous un pneu qui traînait par terre. Je me suis penchée et me suis retrouvée nez à nez avec un chien tout efflanqué. Il n'était vraiment pas beau. Son poil sali et collé par plaques le rendait repoussant. Il ressemblait à un fox-terrier, pas très grand, le poil frisotté, les oreilles pointées en l'air. Sa couleur n'était pas reconnaissable, il était sans doute blanc sous la crasse. Quand il m'a vue, il s'est mis à battre de la queue, plein d'espoir, mais il est resté couché. Il ne semblait pas capable de se lever. Avait-il été jeté d'une voiture par un maître sans scrupule qui s'était débarrassé de lui comme d'un vieux jouet ? Nous nous trouvions juste sous la nationale. Était-il blessé ou malade ?

J'ai enlevé ma veste et me suis approchée doucement de l'animal. Il a réagi gentiment en me léchant la main. Je l'ai enveloppé dans ma parka et l'ai pris dans mes bras pour le ramener à la maison. Il s'est tout de suite arrêté de pleurer. C'était bon signe. En marchant vers la maison, je remarquais que tenir cette bête contre moi me faisait du bien. Mais je me demandais ce que je devais faire. L'emmener chez le vétérinaire ? Ça allait me coûter une fortune et puis peut-être qu'il n'était ni malade ni blessé mais seulement affamé.

Arrivée à la maison, j'ai cherché dans le frigidaire des restes susceptibles de lui plaire. Un peu de jambon et une tranche de pâté, j'ai ajouté le risotto de la veille. Il a avalé le tout sans hésitation. Il aurait pu manger le double mais je n'avais rien de plus. Il faudrait que j'achète de la nourriture pour chien et une laisse. Pour commencer, je l'ai installé devant le radiateur sur une vieille serviette de bain. Comment l'appeler ? Il ne portait pas de collier et je ne savais pas si c'était un mâle ou une femelle.

J'ai fait bouillir de l'eau et l'ai observé en buvant mon thé. Il dormait roulé en boule sur sa serviette, rassasié, rassuré, et de le voir là, chez moi, me faisait chaud au cœur. Sa présence apportait comme une douceur dans la maison. Mais qu'allait en penser mon mari ? Martin adorait les chiens et ne ferait sans doute pas trop d'histoires pour que je le garde. Il rentrera tard ce soir, comme d'habitude, fatigué par sa journée et préoccupé par son travail, ai-je pensé. Je lui dirai qu'avoir un chien m'obligera à sortir plusieurs fois par jour et à m'activer un peu. Cela le convaincra, j'en suis sûre. Mais il faudrait que je rende ce toutou plus attirant. Un petit bain ne serait pas du luxe.

À ce moment-là, mon portable a bipé. Un courriel était arrivé. Tiens, un courriel ? Qui pouvait m'écrire ? C'était un message du site de petites annonces : « Bonjour Perrine, mes enfants sont grands et je n'ai pas le courage de trier toutes leurs affaires pour les emporter au magasin d'occasions. Si vous voulez bien venir voir, je serai contente d'aider votre amie et je ferai des tout petits prix. Appelez-moi au 06 56 78 90. Sidonie. »

C'était mon jour de chance ! D'abord, j'avais trouvé un chien et maintenant, peut-être une layette pour Marlène ! J'ai immédiatement appelé le numéro indiqué et nous avons pris rendez-vous pour la semaine suivante.

Je trouvais tellement sympa que cette femme soit si généreuse avec une inconnue comme moi que je réfléchissais à ce que je pourrais lui apporter pour la remercier. Elle avait dit au téléphone que ses fils avaient deux et quatre ans... Mais j'ai dû en rester là de mes réflexions, car j'ai senti une présence à mon côté. Le chien était assis près de ma chaise, les yeux tendus vers moi.

« Comment ça va, le chien ? Tu as bien dormi ? »

Il frétillait de la queue, les yeux souriants. Il n'avait plus du tout l'air malade.

« On va se promener ? »

Je me suis levée pour l'inviter à bouger. Je voulais voir s'il était blessé. S'il avait été jeté d'une voiture depuis la nationale ou s'il était tombé du pont, il avait probablement une patte ou une côte cassée. Mais le toutou m'a talonnée avec entrain dans la cuisine, sans me quitter des yeux. J'ouvrais déjà la porte quand j'ai réalisé que je n'avais pas de laisse.

« Allons d'abord dans le jardin. Viens, Petite-Bête, je vais te faire visiter ! »

Il m'a suivie, tout en joie. Il ne me lâchait pas d'une semelle. Et de faire le tour de mon jardinet avec lui, c'était comme une première fois : j'ai vu la petite pelouse sur laquelle je pourrais jouer à la balle avec lui, j'ai remarqué les buissons où il plongerait pour aller la chercher, d'où il ressortirait tout fier la balle entre les dents, j'ai repéré le trou dans le grillage par lequel le chat du voisin s'enfuirait devant ses aboiements de propriétaire qui défend son bout de terre. Je nous ai imaginés, lui dormant, moi lisant, à l'ombre du figuier par un bel après-midi d'été. J'ai vu toute cette vie. Le jardin se réveillait.

Lorsque Martin est rentré ce soir-là, j'avais plein de choses à lui raconter : je me réjouissais de la bonne surprise que je préparais à Marlène. J'imaginais déjà sa tête devant les grenouillères de Sidonie pour le bébé. Et bien sûr, il y avait le chien. Je l'avais douché – ce qu'il n'avait pas particulièrement apprécié ! –, mais je lui avais expliqué que c'était indispensable s'il voulait vivre dans ma maison et il avait fini par se laisser faire, résigné, les oreilles et la queue collées au corps. J'avais découvert à cette occasion que j'avais affaire à une femelle et qu'elle n'était pas rancunière, car malgré ce mauvais moment, elle me suivait partout comme pour me dire que, dorénavant, rien ne pourrait nous séparer.

J'avais préparé une petite mise en scène pour la présenter à mon mari. Je l'avais envoyée dans le jardin et quand Martin est entré, je l'ai fait asseoir dans son fauteuil préféré et lui ai annoncé une visite :

« Martin, je voudrais te présenter ma nouvelle amie », ai-je dit en guise d'introduction.

Il a semblé mi-amusé, mi-inquiet.

« Tu fais bien des mystères et je ne vois personne… »

Je suis alors allée ouvrir la porte et la chienne est entrée en trombe. Elle m'a fait la fête comme si nous ne nous étions pas vues depuis des jours ! Elle irradiait de joie, dansait un zouk endiablé et souriait de toute sa gueule. Son plaisir était très communicatif. Je me suis aussi mise à la fêter et Martin n'a pas eu la force de résister lorsqu'elle a sauté sur ses genoux.

« Je te présente Petite-Bête ! ai-je annoncé fièrement.

— Oh, bonjour mademoiselle, a dit Martin cérémonieusement.

— Je l'ai trouvée ce matin sous le pont de la nationale. Elle était tellement faible et si sale que je l'ai crue malade ou blessée. Mais non, comme tu vois, il a suffi d'un repas, d'une sieste et d'une douche pour la remettre sur pattes !

— Tu vas devoir demander aux vétérinaires de la région si sa disparition a été signalée. Elle doit appartenir à quelqu'un.

— J'aimerais tellement la garder… Qu'en penses-tu, Petite-Bête ? Tu aimerais rester ici avec nous ? »

Elle a répondu affirmativement en aboyant d'une belle voix claire. Cela nous a fait rire. Elle était avec nous depuis quelques heures et nous apportait déjà le bonheur.

2

Le Café du Sourire

LE JOUR SUIVANT, au lieu de me lever comme je le faisais chaque matin depuis bien longtemps, sans énergie et déprimée par tout ce temps morne qui s'annonçait devant moi, je suis sortie du lit, impatiente de retrouver la chienne qui avait dormi dans la cuisine sur sa serviette.

Petite-Bête s'est précipitée sur moi dès que j'ai ouvert la porte et m'a fait une fête digne d'une star. Elle était ma première fan. Cela m'a donné une idée : si je l'appelais Fanette ?

« Tu as bien dormi, Fanette ? »

Elle frétillait littéralement du postérieur : visiblement, elle était en pleine forme.

Comment commencer la journée ? Petit-déjeuner oui, et puis promenade. En fait, le programme était simple et j'avais déjà un début d'emploi du temps.

Je lui ai passé une petite ceinture en cuir autour du cou pour notre première sortie au bord du canal. Nous avons rencontré des gens que je reconnaissais pour les avoir croisés lors de mes précédentes balades, mais à qui je n'avais jamais parlé. La plupart avaient des chiens et, pendant que les toutous se saluaient, leurs humains, au bout des laisses, échangeaient aussi quelques mots.

« Bonjour, vous avez un joli chien. Je ne l'avais encore jamais vu dans le coin. Il s'appelle comment ? Il est de quelle race ? Il a quel âge ?… Bonne journée. »

Certains parlaient plutôt au chien. Cela donnait des dialogues surréalistes auxquels il était difficile de répondre sérieusement. Comme à cette femme qui a fait mine de ne pas me voir et s'est adressée directement à Fanette :

« Bonjour, Toi. Tu es nouvelle dans le quartier, je ne te connais pas. Tu t'appelles comment, dis-moi ? »

Poliment, j'ai attendu : peut-être avait-elle le don de parler aux animaux, peut-être Fanette allait-elle lui répondre. Mais la chienne l'a complètement ignorée et la femme s'est tournée vers moi, comme étonnée. J'ai alors tenté l'humour :

« Je suis désolée mais je ne lui ai pas encore appris à parler... »

Elle a haussé les sourcils et est partie en râlant contre moi. J'étais de trop bonne humeur pour que cela m'atteigne.

C'est curieux, me disais-je, comme certaines personnes s'adressent aux chiens plus facilement qu'aux humains... En tout cas, grâce à ma petite amie, je sortais du silence des promenades solitaires.

L'après-midi, je suis allée à l'animalerie acheter une laisse et des croquettes, puis j'ai décidé d'aller faire un tour en ville pour nous dégourdir les pattes. Fanette marchait devant moi, je la suivais et me laissais guider. Elle se promenait alerte et gaie, très curieuse de tout ce qui l'entourait. Je commençais à regarder la ville comme une touriste et découvrais qu'elle était bien jolie. Nous avons fini par arriver devant une terrasse de café et j'ai décidé, pour fêter cette belle journée, de m'offrir un thé au soleil. Cela faisait une éternité que cela ne m'était pas arrivé.

Une jeune serveuse est venue prendre ma commande. Elle était presque translucide, le teint très pâle, avec de grands cernes sous les yeux. Lorsqu'elle a vu la chienne, elle a eu un sourire qui l'a transformée et l'a rendue très belle.

« Bonjour, madame. Vous désirez ?

— Un thé, s'il vous plaît.

— Et pour votre petit chien, voulez-vous une gamelle d'eau ?

— Ma foi, oui, merci. C'est très gentil à vous.

— Mais c'est normal. Lui aussi, il a soif. »

Elle est revenue avec un bol d'eau fraîche et elle a souri en le déposant devant la chienne. J'ai voulu lui raconter notre histoire.

« Je l'appelle Fanette mais elle a sans doute un autre nom. Je l'ai trouvée hier, toute sale et affamée. On est en train de devenir copines… »

À ce moment-là, son chef est apparu derrière la vitre. L'air agacé, il a tapé sur sa montre. Elle a aussitôt remis son masque de service et est partie d'un air triste. Quel dommage ! Ce type était un véritable rabat-joie. Je l'ai vu qui grondait la jeune fille, elle avait l'air si malheureux. Quel sale bonhomme !

Lorsqu'elle est venue encaisser mon thé, je suis sortie de ma réserve habituelle et lui ai dit :

« Mademoiselle, je dois vous dire quelque chose. »

Elle m'a regardée, attentive et inquiète. Elle s'attendait sans doute à une critique.

« Savez-vous que vous avez le plus joli sourire de toutes les serveuses de la ville ? »

Elle a fait non de la tête sans pouvoir articuler une réponse. Ses joues sont devenues toutes roses, elle a baissé les yeux et bafouillé un « merci madame ». Puis elle a disparu presque en courant derrière la vitre du café.

Je l'ai imaginée le soir rentrer chez ses parents et leur rapporter mon compliment en rougissant de plaisir. J'ai imaginé leur fierté, sa mère lui dire : « Rappelle-toi cette phrase, ma chérie, chaque fois que ton chef te chicane et chaque fois qu'un client t'embête. » Oui, ai-je pensé, sache que tu as le plus joli sourire de la ville et que personne n'a le droit d'en priver le monde !

J'étais contente de moi. Nous sommes reparties, Fanette et moi, pour rentrer chez nous et, sur le chemin du retour, j'ai pris une grande décision : puisque l'économie de ce pays ne permettait pas que j'aie un travail rémunéré en espèces sonnantes et trébuchantes, j'effectuerais chaque jour une mission de bonheur. Ce serait mon nouveau métier. Mon salaire serait le plaisir des autres et la satisfaction d'avoir gagné une bataille, même modeste, contre la grisaille et la déprime ambiantes. Je trouvais mon idée géniale de simplicité !

3

Mission pause-café

DEPUIS, CHAQUE MATIN, je pars à la recherche d'une mission de bonheur. Je suis agent spécial en bonheur, une sorte de James Bond du quotidien.

J'aime tellement cette idée que je me suis mise à la recherche d'un nom qui fasse professionnel avec un côté mystérieux, un peu comme un nom de code. J'ai d'abord pensé à M.B. : M pour « Mission », B pour « Bonheur » en le prononçant à l'américaine, « aime.bi ». Puis, je me suis dit que c'était trop court, que « aime.bi.bi. » sonnerait mieux. D'autant que Bibi et moi, on a plutôt besoin d'amour en ce moment. J'aimais bien ce jeu de mots. Il fallait donc que je trouve un autre nom commençant par b. J'ai choisi « bilatéral » parce que ça reflète vraiment le principe : il faut être deux heureux – le « client » et moi – pour que la mission soit réussie.

Comme nous faisons plusieurs promenades par jour, Fanette et moi, nous avons théoriquement pas mal de chances de trouver une occasion de faire une M.B.B. et de remplir notre contrat. Mais nous sommes débutantes et ce n'est pas tous les jours facile… Je ne suis pas toujours en pleine forme ou parfois je ne trouve tout simplement rien de gentil à dire, car j'ai une règle très stricte : c'est la sincérité. Si je fais un compliment, il doit être cent pour cent sincère, sinon ça ne compte pas ! Et puis, bien sûr, il ne faut pas être blessant. L'autre jour, j'ai failli féliciter le poissonnier sur ses belles oreilles. Heureusement, je me suis rattrapée au dernier moment. Je les trouvais très jolies, ses oreilles, mais je n'étais pas sûre de ne pas le vexer.

Remplir une M.B.B. par jour, c'est un vrai travail qui demande un grand sens de l'observation et beaucoup de délicatesse.

Lorsque je ne trouve pas de compliment à faire, je cherche une alternative parce qu'il n'est pas question de rentrer bredouille à la maison.

Heureusement, je ne suis pas seule. J'ai une merveilleuse assistante qui me remonte le moral sitôt que je flanche. C'est bien sûr ma petite chienne, toujours pleine d'entrain, d'énergie et d'envie de découvrir le monde. Quand je ne suis pas d'attaque, elle semble le sentir et vouloir me distraire de mes idées noires. Elle n'a pas son pareil pour ça. Si nous sommes à la maison et que je rêve, tristement absente, elle vient me pousser de la truffe, me gratte le genou de la patte ou même me mordille la main. Si nous sommes en promenade, elle dégote un bâton et m'invite à jouer avec elle. Et elle insiste jusqu'à ce que je cède. Elle ne s'arrête que lorsqu'elle a pu me communiquer sa joie de vivre. Ainsi elle arrive toujours à me ramener au présent, qui est chouette finalement. J'ai un mari adorable, un toit sur la tête et une super petite amie à quatre pattes qui ne me lâche pas.

En fait, on dirait que Fanette aussi s'est donné une M.B.B. personnelle : celle de ne pas me laisser sombrer dans la déprime, de m'encourager dans mon projet de missions de bonheur. Et, ma foi, elle y arrive plutôt bien.

Les jours plus gris que roses, Fanette, qui prend son rôle très au sérieux, se charge d'établir le premier contact avec les inconnus que nous rencontrons : elle est très forte pour ça, avec son regard espiègle et sa frimousse sympathique.

C'est comme ça qu'un jour, j'ai invité Sylvie à boire un chocolat chaud avec moi au Café du Sourire – c'est le nom que j'ai donné au bistrot où je retrouve de temps en temps la jolie serveuse.

Fanette semblait l'aimer beaucoup. Chaque fois que nous passions devant cette S.D.F., la chienne allait vers elle et lui faisait la fête comme si elle la connaissait.

Alors, nous avons commencé à parler, Sylvie et moi.

« Bonjour, lui ai-je dit. Elle vous aime bien, on dirait. Elle ne fait pas la fête à tout le monde comme ça !

— Ah, c'est parce que j'aime les bêtes. Elles le sentent, vous savez. Si je pouvais, j'aurais un chien moi aussi, mais la rue, c'est bon ni pour les gens, ni pour les bêtes… »

Comme il faisait froid, je lui ai proposé d'aller boire quelque chose dans un endroit chauffé. Sylvie a acquiescé sérieusement en regardant sa montre et a dit :

« Tu as raison, c'est l'heure de la pause-café ! »

Elle non plus n'avait pas oublié le monde de l'entreprise.

Quand on s'est installées, la serveuse est venue nous saluer chaleureusement et caresser la chienne. Depuis ma première visite, nous avons fait un peu connaissance. Elle s'appelle Claire et a pris ce travail pour financer ses études.

Sylvie a commandé un café et j'ai juste dit :

« Pour Fanette et moi, c'est comme d'hab', Claire. »

C'est juste une petite phrase mais j'aime la complicité qu'elle exprime.

Sylvie a pris ses aises, a entrepris de se rouler une cigarette. Je l'observais : assise ici en face de moi, elle n'avait rien d'une clocharde, rien n'indiquait qu'elle faisait la manche. Elle était habillée comme une randonneuse avec de bonnes chaussures de marche et un blouson chaud à capuche, bien équipée pour sa vie en plein air. Elle était soignée et je me demandais comment elle faisait pour faire sa toilette, ses lessives ; ça ne devait pas être évident, sans domicile…

Quand nos consommations sont arrivées, on a commencé à se raconter nos vies qui se ressemblaient étonnamment – même âge, mariage, chômage –, sauf que son mari à elle avait aussi perdu son travail. Il s'était alors mis à boire et à être violent. On a très vite sympathisé. Cette rencontre ressemblait à des retrouvailles, comme si nous avions été amies ou sœurs et qu'après une longue séparation, nous faisions défiler les images du film de nos vies. Elle avait une façon très directe d'aborder les choses, un peu masculine, qui me plaisait beaucoup. Et aussi une qualité d'écoute qui poussait à la confidence. C'est pour cela sans doute que je lui ai parlé de mes missions de bonheur.

« Le chômage, l'impression d'être inutile, je trouve ça trop dur, ai-je avoué prudemment. C'est pour ça que je suis si contente d'avoir Fanette. Quand je me lève le matin, la maison n'est pas vide, la journée ne s'étale pas devant moi comme un terrain vague abandonné. »

Sylvie m'écoutait attentivement, sans m'interrompre. La peau mate, burinée par sa vie dans la rue, elle était très brune avec des yeux tout ridés et un regard perçant. Elle ressemblait à une Cheyenne. Encouragée par son intérêt, j'ai poursuivi.

« J'ai décidé de me donner un job, des missions de bonheur. Je les appelle des M.B.B. Je ne suis pas payée en argent mais ce n'est pas important. Ce qui compte, c'est que je me sente utile et mon salaire, c'est la satisfaction de créer du positif… Un peu de douceur dans un monde de brutes, tu vois ?

— Ouais, le monde de brutes, je le vois bien, très bien…, a répondu la S.D.F. en tirant sur sa clope.

— Alors, j'essaie chaque jour de faire quelque chose de bien. C'est pas énorme, tu me diras, complimenter une serveuse sur sa gentillesse ou…

— Ou inviter une clocharde à boire un café… »

J'ai rougi, confuse, très gênée. Elle a continué d'un ton assez rogue :

« T'inquiète pas, Perrine. Moi, je trouve que c'est une super idée et même, je vais te la piquer : aujourd'hui, c'est moi qui vais faire une M.B.B… »

Elle s'est interrompue pour créer du mystère. Elle ne me lâchait pas des yeux comme pour s'assurer de la tension du fil. Nous étions deux funambules au bord de l'amitié : ça passe ou ça casse.

« Aujourd'hui, Perrine, je vais offrir un café à une chômeuse ! »

Elle a conclu par un superbe sourire et un magnifique clin d'œil et a repris en riant :

« Il se trouve qu'aujourd'hui, je suis en veine. J'ai pas mal de sous. Mais la prochaine fois, c'est ta tournée, OK ? »

Elle a éteint sa cigarette dans le cendrier, posé l'argent sur la table, ramassé ses affaires et est partie sans dire au revoir, un peu comme les Indiens dans les westerns qui font tourner leur cheval d'un coup et disparaissent au galop dans la poussière.

Je ne lui avais même pas dit merci. Quelle cruche je faisais ! J'étais parfois tellement lente à réagir. Sylvie avait vraiment réussi sa M.B.B. : elle laissait derrière elle une chômeuse très touchée à la terrasse du Café du Sourire. Une femme qui se sentait comprise et qui avait trouvé une amie.

Je regardais les nombreuses pièces jaunes qu'elle avait laissées pour payer le café. Elle avait fait des tas par taille, pour faciliter le comptage. Il lui avait fallu faire la manche combien d'heures pour les récolter ? Il y avait même un petit pourboire. Un peu de douceur pour la serveuse.

4

La course en fauteuil

QUELQUE TEMPS PLUS TARD, j'avais rendez-vous chez le médecin. J'étais en retard, j'avais eu du mal à trouver une place de parking parce qu'il pleuvait. On pourrait penser que les gens restent chez eux dès qu'il pleut, mais non, au contraire, tout le monde sort du terrier, comme les lapins quand le niveau d'eau monte dans la maison.

Bref, je zigzaguais entre les gens avec une visibilité limitée par les nombreux parapluies, tenant Fanette très court à la laisse, lorsque j'ai vu une dame qui n'arrivait pas à monter sur le trottoir. Elle était en fauteuil roulant et il glissait sans arrêt en arrière parce que la route était en pente à cet endroit-là. Je n'avais pas beaucoup de temps mais je lui ai demandé si elle avait besoin d'aide. Je pensais juste l'avancer un peu mais elle m'a répondu qu'elle voulait prendre le bus 33, deux rues plus loin. Mince, si j'avais su !

Mais j'avais déjà les poignées de l'engin dans les mains, je ne pouvais plus reculer.

D'une main, j'essayais de maintenir mon parapluie au-dessus de ma tête tout en poussant le fauteuil. De l'autre, j'avais Fanette qui semblait n'avoir jamais appris à marcher en laisse et j'ai vite compris que je n'y arriverais pas comme ça. J'ai donc plié mon parapluie – tant pis, je serais trempée – et j'ai donné la laisse du chien à la dame. Les deux mains enfin libres, j'ai pris les commandes. La pluie qui me ruisselait sur le visage, ajoutée à la peur d'arriver en retard à mon rendez-vous, a fait que j'ai commencé à courir en poussant la petite voiture. J'étais surprise : c'était un modèle léger, assez sportif, avec des poignées agréables à tenir. Je me suis rapidement prise au jeu, c'était plutôt amusant de faire du slalom entre les gens en criant : « *Bip-bip*, poussez-vous ! »

Fanette m'aidait en tirant comme un chien de traîneau, tant qu'elle pouvait. La dame gloussait mi-figue, mi-raisin, à la fois amusée et effrayée, surtout dans le tournant quand j'ai traversé la rue en diagonale pour attraper le bus qui était de l'autre côté. Arrivée au bord du trottoir d'en face, j'ai hésité, je ne savais pas comment faire pour y monter sans renverser la dame mais ma passagère, habituée, a fait basculer d'un coup le fauteuil en arrière et nous y sommes arrivées sans encombre.

Devant le bus, elle a crié : « Laissez-moi là, c'est bon. Merci ! », en me tendant la laisse de Fanette ; et je suis partie vers ma destination. Un peu plus loin, je me suis retournée pour voir ce qu'elle faisait, si elle s'en sortait : aucun problème, elle avait juste eu besoin d'un petit coup de main dans la pente glissante. Je lui ai dit au revoir d'un signe de mon parapluie. Elle m'a fait cadeau d'un grand sourire et a posé sa main droite sur son cœur. Ce joli geste m'a beaucoup touchée. Plus que je n'aurais pensé.

5

Mission chocolats

Un peu avant Pâques, je sortais du Monoprix quand j'ai vu un homme en costume qui avait l'air d'un cadre tout juste sorti du bureau, sauf qu'il était recroquevillé par terre à l'entrée du supermarché. Devant lui, il avait posé un morceau de carton beige sur lequel il avait écrit un simple « s'il vous plaît ». Il cachait son visage dans le revers de sa veste et je pouvais sentir toute sa honte. La honte d'être là, humilié par la vie, réduit à demander la charité sur le trottoir, dans une rue de sa ville. Je n'ai pas pu lui donner une pièce, j'avais l'impression que cela aurait encore ajouté à sa déchéance.

Ce jour-là, je n'étais pas avec Fanette que j'avais prêtée à Sylvie. On avait remarqué que les gens donnaient plus volontiers si elle avait la chienne avec elle. Et comme Fanette était insupportable lorsque je l'attachais à l'extérieur d'un magasin, on avait décidé que je la confierais à Sylvie quand je voudrais faire une course.

Je suis retournée dans le supermarché à la recherche de quelque chose que je pourrais offrir à ce pauvre homme. Le magasin était plein d'animaux en chocolat, habillés de papier doré et de sourires niais. Je les ai tous écartés – je ne voulais pas que l'homme se sente ridiculisé ou insulté – et j'ai choisi un joli sachet de pralinés comme on en offre quand on est invité à dîner. Je ne voulais pas voir son visage, ni sa tristesse dans son regard. Je voulais juste lui faire plaisir, lui faire une surprise, lui dire « Joyeuses Pâques » à ma façon, une sorte de : « T'en fais pas va, on a tous des hauts et des bas. Y a pas de honte à ça. Tu vas remonter toi aussi, c'est sûr… »

Alors, je suis passée à toute vitesse près de lui et j'ai furtivement posé mon présent devant son carton. Je ne me suis pas retournée. Il y a des M.B.B. qui sont plus belles quand elles sont anonymes.

6

Mission balcon

Au début, trouver un compliment par jour n'était pas si évident, surtout que je m'étais donné pour règle absolue d'être toujours sincère. Et puis, j'étais de nature assez timide et mes mois de chômage et d'isolement n'aidaient pas. Mais, le temps passant, je m'améliorais doucement. Comme je cherchais matière à complimenter, je devais trouver des choses positives. À force d'entraînement, je voyais moins ce qui clochait et davantage ce que la vie avait de joli.

Je complimentais tantôt un promeneur sur son chien, tantôt une voisine sur sa coiffure, tantôt une caissière sur son efficacité. J'avais remarqué que pour que le compliment soit efficace, c'est-à-dire pour qu'il touche la personne, il fallait l'accompagner d'un vrai sourire. Je veux dire pas seulement un rictus automatique et vide, mais le sourire complet, celui avec un regard profond qui plonge dans les yeux de l'autre. Une sorte de regard-chalumeau qui fait fondre la glace et ouvre un passage direct au cœur.

Et avec ce sourire-chalumeau, un remerciement ou une excuse devenaient aussi puissants qu'un compliment. Alors, je me suis mise à remercier en conscience : je remerciais sincèrement le facteur, surtout quand il pleuvait. Je remerciais la secrétaire médicale qui avait accepté d'avancer mon rendez-vous. Je remerciais de tout cœur la personne qui me tenait la porte.

Et bientôt, cela est devenu très naturel et je n'ai plus eu besoin d'y penser. Un cercle vertueux s'était mis en place : plus je remplissais de M.B.B., plus je devenais joyeuse, heureuse même, et plus il était facile d'être une semeuse de bonheur.

Au bout de quelques semaines, les missions classiques sont devenues presque trop faciles. Je pense que si j'avais eu un véritable employeur, je lui aurais demandé une promotion ou du moins, un travail plus difficile. Je devais trouver d'autres idées.

En sortant Fanette, je passais souvent par la place Monplaisir que j'aimais particulièrement parce qu'il y avait au numéro 17 un grand balcon magnifiquement fleuri. Je l'admirais d'autant plus que je n'ai jamais été douée pour le jardinage. Ce n'était visiblement pas le cas de l'habitant de ce logement. Ses plantes, nombreuses et très variées, s'harmonisaient autant par leurs couleurs que par leurs formes. Je me demandais comment complimenter le talentueux jardinier. Je ne savais pas qui il était, je ne le reconnaîtrais même pas si je le croisais au bas de son immeuble…

C'est alors que j'ai pensé pour la première fois à une carte postale. Ledit balcon étant au troisième étage, il ne serait pas sorcier, par déduction logique, de trouver la sonnette correspondante, puis le nom de l'habitant et du coup, sa boîte aux lettres.

Toute fière de ma nouvelle idée, je suis allée au kiosque voisin choisir une carte. Il y en avait justement une représentant la place Monplaisir sur laquelle on apercevait le balcon en question. Je me suis ensuite rendue au Café du Sourire avec Fanette afin de prendre le temps de trouver les mots justes pour mon compliment. Claire, la serveuse au sourire solaire, nous a aussitôt apporté un thé et une gamelle d'eau. Appliquée comme à l'école, j'ai commencé à rédiger un brouillon sur un morceau de papier trouvé au fond de mon sac :

Bonjour, je passe presque chaque jour devant votre balcon et je ne manque jamais d'admirer vos fleurs. Elles embellissent toute la place. D'ailleurs, si vous regardez bien sur cette carte, vous pourrez le voir. Ce n'est sûrement pas un hasard ! Je vous remercie au nom des habitants de cette ville…

Là, j'ai un peu hésité. Était-ce trop exagéré de me donner le rôle de porte-parole de mes concitoyens ? Claire passait par là. Je l'ai appelée :

« Claire !

— Oui, Perrine. Vous voulez autre chose ?

— Non, merci. Juste une question. Tu as vu le joli balcon fleuri place Monplaisir ?

— Non, quel balcon ?

— Regarde là, il est sur cette carte.

— Ah, oui…

— Tu l'avais déjà remarqué ?

— Non, franchement, Perrine, je regarde les boutiques moi, pas les balcons !

— Oui, évidemment… »

Bon alors, reprenons sans les concitoyens :

Je vous remercie personnellement du fond du cœur pour la peine que vous vous donnez. Bien admirativement, Perrine.

À ce moment-là, la chienne a jappé. Prise en faute, j'ai ajouté un post-scriptum : « *P.-S. : Fanette aussi !* »

Mais non finalement, pourquoi signer ? Et si je menais une mission secrète ? Il m'a tout à coup semblé que l'anonymat ajouterait un charmant mystère à cette nouvelle M.B.B. Amusée par la surprise que je préparais à ma future « victime », j'ai recopié mon texte sur la carte :

Bonjour, nous passons chaque jour devant votre balcon et nous ne manquons jamais d'admirer vos fleurs. Elles embellissent toute la place. D'ailleurs, si vous regardez bien sur cette carte postale, vous pourrez le voir. Ce n'est sûrement pas un hasard… Un grand merci pour ce que vous faites ! Signé : Deux grandes admiratrices, P. et F.

Ensuite, j'ai payé ma consommation et je suis allée, accompagnée de la fidèle Fanette, distribuer notre courrier. Telle une espionne, je me suis arrêtée devant la vitrine de l'agent immobilier en face de l'entrée de l'immeuble au balcon fleuri pour observer le va-et-vient. J'ai fait mine de lire les annonces pendant un petit moment. Ne voyant personne, j'ai fini par traverser la rue et examiner les sonnettes. Logiquement, la troisième sonnette à gauche en partant du bas devait correspondre à l'appartement au balcon remarquable. J'ai donc glissé très vite la carte dans la boîte marquée du même nom. C'est alors que la porte s'est ouverte. J'ai juste eu le temps de me retourner et de prendre la rue transversale pour disparaître. Mais ma curiosité étant la plus forte, je suis revenue sur mes pas et dissimulée par l'angle d'une maison, j'ai observé ce qui se passait. À cet instant, une femme a ouvert « ma » boîte aux lettres et en a sorti plusieurs enveloppes qui ressemblaient à des factures et ma carte qu'elle s'est aussitôt mise à lire. Elle a semblé surprise, l'a retournée plusieurs fois et a regardé autour d'elle, cherchant des yeux une explication. Hésitante, elle a traversé la rue pour regarder son balcon depuis le trottoir d'en face. Et j'ai vu un grand sourire de fierté apparaître sur son visage.

« Fanette, mission balcon accomplie ! Retournons à la maison ! »

En y repensant le soir, je me suis dit que cette mission carte postale m'ouvrait de nombreuses possibilités. Je m'apercevais que je n'avais pas besoin d'être en contact direct avec les inconnus que je cherchais à rendre heureux.

Jusqu'ici, je trouvais mes missions au hasard des rues, je ne les préparais pas, c'était très spontané. Mais ce serait peut-être possible d'augmenter mon rendement, pour parler comme Martin, si je réfléchissais à une stratégie. Je pourrais distribuer des cartes-compliments dans toute la ville, et ainsi me lancer dans de grandes « campagnes de bonheur »...

Une stratégie, des campagnes : j'entrais vraiment en guerre, une guerre personnelle, petite certes, mais valeureuse, contre la sinistrose, le pessimisme et la grisaille.

7

Missions de bonheur secrètes

Dans les jours qui ont suivi, j'ai remarqué que le balcon de mon admirée embellissait. La jardinière semblait s'être piquée au jeu. De nouvelles plantes sont bientôt apparues : en arrière-plan, un rosier puis deux. Partant du sol du balcon, devant le pilier dans le coin gauche, une clématite s'est mise à prendre d'assaut la verticalité dans le but évident de courir le long de la corniche.

Mon compliment avait eu un effet auquel je n'avais pas pensé. Au départ, je voulais seulement faire plaisir, créer un peu de bonheur ; mais si je multipliais mes petits mots, je verrais peut-être la ville fleurir de plus belle…

Je retournais au kiosque pour acheter une dizaine de cartes quand une petite voix m'a rappelée à l'ordre : « Attention, Perrine, n'oublie pas la règle d'or : seulement des compliments sincères ! »

Oui, bien sûr, il fallait d'abord que je trouve des balcons remarquables.

J'ai donc fait demi-tour et je suis partie me promener le nez en l'air. En route, j'ai rencontré Sylvie qui s'était installée pour faire la manche sur le parvis de la cathédrale. La chienne, dès qu'elle l'a aperçue, s'est mise à tirer sur la laisse comme une forcenée : même si je l'avais voulu, il m'aurait été impossible d'ignorer Sylvie. Je suis donc allée saluer mon amie et tailler une petite bavette avec elle. Je lui ai expliqué mon projet de campagne de cartes postales porteuses de bonheur, comment la première jardinière félicitée avait encore embelli son balcon et que j'avais l'intention de poursuivre l'expérience. Je lui présentais la chose en plaisantant mais elle m'écoutait, comme toujours, avec beaucoup d'attention. Tout en tirant sur sa clope, elle ponctuait mon récit en plissant les yeux et en hochant la tête tout à fait sérieusement. J'ai terminé l'exposé sur ma nouvelle mission en disant :

« Me voilà donc avec une nouvelle mission : trouver de beaux balcons !

— Tu as entendu parler de l'effet papillon ?

— Non, qu'est-ce que c'est ? »

Elle a poursuivi d'un ton docte :

« Parfois, une chose anodine peut avoir de grandes conséquences. Il a été prouvé qu'un tout petit changement météorologique peut provoquer à terme des catastrophes, autrement dit qu'un battement d'ailes de papillon peut déclencher un ouragan. Alors, avec tes cartes postales, on peut tout imaginer… »

J'ai discrètement regardé sa thermos en me demandant si elle contenait autre chose que du thé chaud et j'ai décidé de répondre en rigolant :

« C'est ça, allez ! Dis-moi plutôt si tu as repéré de beaux balcons pendant tes balades.

— Non, désolée. Je peux pas t'aider. Moi, je regarde par terre pour voir s'il y a des pièces ou des trucs à ramasser. Dis donc, tu pourrais me laisser Fanette ? La cathédrale, c'est plus ce que c'était, même ici ça donne moins… »

Je lui ai donc laissé la chienne le temps de partir en safari-balcons. J'en ai rapidement repéré sept et un adorable jardin. Il ressemblait à un pré miniature avec une herbe haute et des fleurs délicates, presque sauvages, dans une belle symphonie de bleus. Il avait aussi un grand laurier-sauce qui semblait très habité : ça gazouillait à qui mieux mieux là-dedans !

J'ai donc acheté huit cartes postales et suis retournée à la cathédrale pour récupérer ma chienne. Fanette semblait comprendre son rôle :

elle était assise près de Sylvie, très éveillée, et jetait des regards adorables aux personnes qui passaient. Elle avait une façon de pencher la tête sur le côté qui la rendait irrésistible. La casquette qui était posée au sol devant elle comptait beaucoup plus de pièces que tout à l'heure.

« Alors, la récolte a-t-elle été bonne ? ai-je demandé d'un ton léger.

— Pas mal ! Fanette est sensationnelle pour ce job ! » a répondu Sylvie, très satisfaite, en couvant la chienne du regard.

J'ai repris la laisse et voulu dire au revoir à mon amie, mais elle a mis sa main sur mon bras pour me retenir.

« En fait, y a pas que le papillon, y a aussi le colibri ! »

Voilà qu'elle recommençait. Était-elle en train de perdre la raison ? J'ai répondu gentiment, comme à une enfant :

« Mais oui, bien sûr : le colibri...

— Oh, arrête tout de suite avec ce ton ! Je suis ni saoule ni folle. C'est toi qui connais rien à rien ! C'est quand même grave...

— Eh bien, explique-moi puisque je ne comprends pas toute seule !

— C'est une légende qui raconte qu'il y avait, un jour, un grand incendie dans une forêt en Amérique du Sud. Tous les animaux partaient en courant ou en volant, le plus vite qu'ils le pouvaient. Seul un colibri, le plus petit oiseau de la création, faisait des allers-retours entre la rivière et la forêt et jetait à chaque voyage une goutte d'eau sur les flammes. Les animaux se moquaient de lui mais lui, au moins, il agissait. Ce n'était pas grand-chose mais c'était sa contribution et ça, tu vois, c'était formidable. Comme toi. »

Sur ce, elle s'est retournée brusquement, a ramassé sa casquette, salué la chienne d'une caresse et est partie rejoindre son abri pour la nuit.

Je suis restée un moment immobile, profondément interpellée, un rien stupide. Mais peu à peu, j'ai compris son compliment. Un très joli cadeau qui m'encourageait à continuer ma petite bataille contre la monotonie et le pessimisme.

J'ai écrit mes cartes sur le parvis de la cathédrale et suis allée les poster le soir même. En fait, j'accomplissais ainsi huit missions en une seule journée : record absolu !

Le soir, quand j'ai raconté cela à Martin, il m'a dit, amusé :

« Bravo, huit M.B.B. en une journée. Je vois que tu progresses dans ton rendement ! »

Puis, il a réfléchi et ajouté :

« Ce que tu fais est vraiment formidable, Perrine. Elle a raison, ta copine Sylvie. L'important, c'est que chacun fasse sa part. Toi, tu as du temps libre et tu en profites pour créer du positif. Je suis fier de toi ! »

Ce deuxième compliment me touchait. Moi qui avais tellement mauvaise conscience d'être au chômage et de ne pas apporter de salaire à la maison. Je n'ai pas vraiment répondu, seulement hoché la tête, peu convaincue. Martin a poursuivi :

« On ne peut pas tout quantifier, Perrine. La vie n'est pas un bureau de comptabilité, heureusement. Et puis, qui sait ce que tu apportes à ces gens ?

— C'est aussi grâce à toi, Martin, tu sais…

— Que veux-tu dire ?

— Tu es comme un mécène, en fait. Tu m'encourages, tu me finances…

— C'est vrai, ça ! Tu fais de moi un mécène, TON mécène particulier, c'est formidable…

— C'est toi qui es formidable ! » ai-je conclu en l'embrassant.

Ce soir-là, quand j'ai fait le bilan de ma journée, je me suis rendu compte que j'étais heureuse. Je n'avais pas de travail, pas beaucoup d'argent, mais j'avais un mécène, deux amies qui m'encourageaient et une raison de me lever chaque matin. En plus, mon salaire était simple et beau : le plaisir de faire plaisir. Cela vaudrait combien en euros ?

8

Mission argentée

Un matin, installée au Café du Sourire avec Fanette lovée à mes pieds, j'écrivais des cartes-compliments devant ma tasse de thé. J'étais si occupée à les rédiger que je n'avais pas remarqué que, quelques tables plus loin, un incident froissait l'atmosphère de la salle, d'habitude si paisible. Soudain, j'ai vu Claire qui se tenait devant moi.

« Perrine, vous pouvez m'aider, s'il vous plaît ? J'ai un problème…

— Qu'est-ce que tu dis ?

— J'ai un problème, j'ai besoin de votre aide ! a-t-elle dû répéter.

— Qu'y a-t-il ?

— Vous voyez les touristes, là-bas ? »

J'ai regardé derrière elle, le plus discrètement possible. Il y avait un couple de jeunes, deux tables plus loin, qui étaient en pleine discussion et qui avaient l'air très agités.

« Les Asiatiques ?

— Oui, je ne comprends rien à ce qu'ils disent, mais ce qui est sûr, c'est qu'ils ne veulent pas payer et le patron n'est pas là... Oh là là, je vous raconte pas la scène qu'il va me faire si quand il revient, je n'ai pas pu encaisser leurs consommations...

— D'accord, je vais voir ce que je peux faire. »

Je me suis approchée de la table des touristes et leur ai demandé s'ils parlaient anglais. Ils avaient un fort accent et ils ne parlaient pas très bien, mais j'ai tout de même saisi qu'ils étaient très embêtés. Ils avaient perdu un portefeuille avec leurs cartes de crédit et leur argent. Ils pensaient avoir été victimes d'un vol. Ils ne savaient pas quoi faire et ne pouvaient pas régler les deux cafés-croissants qu'ils avaient romantiquement consommés dans ce joli café français. Je leur ai proposé de les accompagner au commissariat de police pour déclarer le vol.

Quand je le raconte comme ça, on pourrait penser que je parle très bien anglais. Dans les faits, la conversation était beaucoup plus simple.

« *Hello!*

— *Hello!*

— *You speak english?*

— *Yes, yes.*

— *What's the problem?*

— *We are sorry, very sorry… We cannot pay! No money, no credit cards. All gone!*

— *All gone?*

— *Yes, our money disappear.*

— *You lost all?*

— *No, not lost, stolen. We think in the bus. Stolen in the bus.* »

Comme je ne comprenais pas, le garçon a fait un signe de la main mimant un vol.

« *Oh, I understand. Come with me to the police.*

— *The police? But we have done nothing…*

— *We go to the police and you explain the problem. They help you.*

— *OK, OK, OK…* »

Après cette remarquable prestation dans la langue de Shakespeare, je me suis fièrement tournée vers Claire avec la solution :

« Ils te doivent combien ?

— Dix euros.

— Tu sais quoi ? Je te les donne. Je te règle aussi mon thé et je les accompagne au commissariat.

— Mais, Perrine, ce n'est pas à vous de payer !

— Ne t'inquiète pas, je m'arrangerai avec eux. »

Soulagée, elle a encaissé l'argent et je suis sortie avec Fanette, suivie des deux jeunes qui n'étaient pas tout à fait sûrs d'apprécier ce qui se passait.

Au commissariat, heureusement, le policier qui s'est occupé de nous parlait mieux l'anglais que moi. Il a pu les rassurer. En fait, ce n'était pas si grave que cela en avait l'air. La jeune fille avait laissé son sac à main à l'hôtel, ils n'avaient donc pas tout perdu et avec leurs téléphones portables, ils pourraient faire les démarches nécessaires pour bloquer les cartes bancaires qui leur avaient été dérobées.

À la sortie du commissariat, ils m'ont chaleureusement remerciée de les avoir tirés d'embarras. Ils m'ont raconté qu'ils n'arrivaient pas à s'expliquer avec Claire et qu'ils avaient compris qu'elle les soupçonnait de ne pas vouloir payer – ce qui les avait horrifiés.

« *Terrible, terrible!* »

Mais le pire pour eux avait été la honte d'être au centre de l'attention de tout le café. Tous les clients les regardaient. Ils ne savaient pas comment s'en sortir. Un vrai cauchemar, « *so embarrassing* »…

Ils m'ont proposé de les accompagner à leur hôtel pour pouvoir me rembourser. Mais c'était à l'autre bout de la ville, je n'avais pas le temps, je voulais rentrer. Ils insistaient beaucoup. J'ai eu alors une idée :

« *You know what?* Vous savez quoi ? Je vous propose qu'au lieu de me redonner l'argent, vous rendiez un jour le même service à une personne en difficulté... »

Dans mon anglais rudimentaire, j'ai eu du mal à leur expliquer ce que je voulais dire. Je leur ai parlé de mes missions de bonheur. J'ai dû les convaincre qu'en fait, c'était très bien pour moi d'avoir pu les aider parce que je n'avais pas encore fait de mission ce jour-là et que c'était mon travail :

« *Very good for me you stolen bag.*

— *Oh no, not good!*

— *Yes, very good because it is my job, I am a happy agent.* »

Comme ils ne comprenaient pas, j'ai précisé :

« *Like James Bond!*

— *Oh ! You like James Bond?*

— *Yes, and if you no stolen bag, me, I have no job today!*

— *Oh, really?...* »

Ils étaient très étonnés, ils ont fait des « oh ! », des « ah ? » et des yeux ronds. Je crois qu'ils ont imaginé que c'était ma vraie profession et ils se sont montrés très enthousiastes. Ils ont plusieurs fois hoché la tête en faisant de grands sourires et m'ont promis de rendre la pareille en réalisant une mission à leur tour, un jour…

Je suis partie en souriant intérieurement. Ils allaient peut-être raconter partout sur les réseaux sociaux qu'en France il y avait des gens dans les cafés dont le métier était d'être agent de bonheur ! Cette pensée m'amusait beaucoup.

Et puis, qui sait, cette mission argentée, c'était peut-être le début d'une longue chaîne qui ferait le tour du monde…

9

Petite mission pour la planète

CET APRÈS-MIDI-LÀ, le printemps était très joli, tout en fleurs, et le soleil déjà chaud chatouillait délicieusement la peau.

Après une belle promenade le long du canal, j'ai eu envie de me reposer un moment sur un des bancs placés autour de l'aire de jeux. Fanette avait trouvé un énorme bâton. Elle avait un peu de peine à le traîner derrière elle, car il faisait deux fois sa taille, mais elle était si fière de sa trouvaille qu'il était hors de question d'essayer de l'en dissuader. Faire une pause sur un banc lui permettrait de mordiller son « os » et à moi, de prendre un petit bain de soleil.

J'étais assise depuis quelques minutes, la chienne à mes pieds, quand un jeune garçon est arrivé, l'air très résolu. Il portait un ballon de foot sous le bras, des chaussures de sport fluo remarquables et un T-shirt de l'équipe des Bleus. En le regardant arriver, je me suis demandé comment Fanette allait réagir lorsqu'il se mettrait à jouer. Allait-elle sauter sur le ballon ? Mais, au lieu de shooter dedans, le garçon l'a délicatement posé sur un banc voisin et a commencé à ramasser les quelques sacs, gobelets et bouteilles en plastique qui se trouvaient de-ci, de-là sur le sol. J'étais doublement surprise. D'abord, parce que je n'avais pas remarqué ces déchets – étais-je si habituée à cette pollution du quotidien ou trop distraite ? – et ensuite parce que son comportement me semblait incroyable. Ce petit bonhomme faisait un geste d'une grande maturité.

Tout naturellement, en ramassant les plastiques qu'il mettait régulièrement dans l'une des poubelles placées aux quatre coins du square, il est arrivé vers nous. Il avait alors une bouteille dans la main et quand Fanette l'a vu, elle s'est levée d'un bond et a entamé une danse du « jette-le-moi-jette-le-moi ». Les pattes avant plaquées au sol, le postérieur en l'air, la queue prise de mouvements frénétiques, elle fixait du regard l'objet de ses désirs (la bouteille) et jappait impérativement. Le garçon n'a pas compris le message et a reculé d'un pas, effrayé. Je me suis alors levée pour aller vers lui.

« N'aie pas peur, lui ai-je dit. C'est sa façon de te demander si tu voudrais bien jouer avec elle.

— Elle veut jouer au foot ?

— Non, non, elle te demande de lui jeter la bouteille pour pouvoir te la rapporter. C'est son jeu préféré. »

L'enfant n'était pas rassuré et ne quittait pas la chienne des yeux. Elle a dû sentir qu'elle était trop vive, alors elle s'est assise bien droite et l'a fixé dans les yeux en penchant comme d'habitude la tête de côté pour le charmer. Enfin, il a jeté la bouteille au loin. Elle est partie comme une fusée, a rapporté l'objet le plus vite possible, l'a posé devant les pieds de son nouveau copain et a repris sa position de quémandeuse.

Je n'ai pas pu m'empêcher de sourire : Fanette avait gagné. C'était une belle partie qui s'annonçait.

Le garçon, amusé par son manège, a relancé la bouteille et j'ai entamé la conversation :

« J'ai vu que tu ramassais les déchets du square.

— Je fais toujours ça avant de m'entraîner. Les terrains de foot des pros, ils sont toujours très propres. C'est normal si on veut bien jouer.

— Eh bien, je te félicite, je trouve ça formidable. »

Il a simplement haussé les épaules et ajouté en relançant la bouteille que Fanette lui rapportait pour la énième fois :

« Les autres, ils shootent dedans pour les envoyer dans le canal, mais c'est débile parce que ça finit dans la mer. »

Il suivait la chienne du regard.

« C'est quoi votre animal préféré ? Moi, c'est les dauphins, a-t-il précisé sans me laisser le temps de répondre.

— Alors, c'est pour ça que tu nettoies le square ? Pour qu'ils puissent jouer dans un océan propre ? »

Il n'a pas réagi tout de suite. Il posait des secondes de silence entre nos phrases. Il parlait librement, répondant parfois à mes questions ou suivant la seule logique de ses pensées.

Il a dit en montrant Fanette du menton :

« Comment elle s'appelle ?

— Elle s'appelle Fanette. Et toi ? »

Il a répondu à contrecœur, car il trouvait cela sans importance.

« Léo. »

Et aussitôt il a enchaîné, sans doute pour ne pas me laisser poser la deuxième question idiote qui vient en général aux adultes, celle de l'âge :

« Je pourrais la dresser.

— Ah oui, et à quoi ?

— À ramasser les bouteilles et les sacs en plastique. Ce serait cool. Je peux ?

— Oui, si tu veux. Mais je te préviens, elle n'est pas très obéissante.

— Je suis là tous les mercredis après-midi.

— Alors, je viendrai aussi les mercredis.

— À mercredi ! » a-t-il dit en se levant, s'adressant plus à Fanette qu'à moi, avant de s'éloigner pour jouer au foot, seul face à une cage de buts.

J'ai vite remis sa laisse à la chienne de peur qu'elle le suive, mais elle mordillait son os de mammouth imaginaire et y consacrait toute son attention.

Comme promis, je suis revenue à la même heure le mercredi suivant. Léo nous attendait. Dès que Fanette l'a aperçu, elle a foncé vers lui pour lui faire la fête. Il a répondu aux effusions de la chienne en la caressant comme il convient, m'a brièvement saluée, puis a commencé sa séance de dressage.

Je me suis installée sur notre banc pour les observer.

L'enfant a expliqué son idée à Fanette :

« Tu vois, c'est facile. Tu m'apportes une bouteille, je te donne une croquette. »

Il a sorti de sa poche un sachet de friandises pour la chienne dont l'attention a immédiatement décuplé.

Au début, elle a eu un peu de mal à saisir qu'elle ne devait plus courir après un objet mais en trouver un à rapporter. Léo était patient et elle a fini par comprendre ce qu'il lui demandait. Elle a tellement aimé le concept « une bouteille-une croquette » qu'elle a nettoyé le square à fond : elle a déniché une quantité incroyable de déchets sous les buissons, derrière les talus, dans les fossés. Je m'apercevais que cette jolie promenade au bord de l'eau était en fait complètement polluée...

Au bout d'un moment, Fanette a commencé à fatiguer. Léo est revenu vers moi :

« Elle a besoin d'une pause », m'a-t-il expliqué doctement en s'asseyant à côté de moi.

Je crois que lui aussi était content de souffler un peu, mais je n'ai rien dit.

« Tu as ramassé beaucoup de déchets ?

— C'est Fanette qui a fait tout le travail.

— C'est vrai qu'elle s'est bien prise au jeu. »

Il a laissé passer quelques secondes :

« Je pense qu'on a jeté à peu près vingt bouteilles et au moins trente autres machins en plastique. »

Puis, après un nouveau silence :

« On a sauvé au moins cinquante dauphins.

— C'est sans compter les tortues et les baleines. »

Il a brusquement tourné la tête vers moi :

« Vous croyez ?

— J'en suis sûre. Elles aussi, elles prennent les sacs qui flottent pour des méduses, les mangent et en meurent. »

Il a hoché la tête, impressionné, a attendu un instant puis a repris :

« Avec Fanette, on est super efficaces. On fait une bonne équipe.

— Dis-moi, Léo, qu'est-ce que tu voudrais faire plus tard comme métier ? »

J'avais un peu peur que ma question typique d'adulte ne le rebute et me fasse perdre le petit prestige que je venais de gagner à ses yeux, mais elle était sortie toute seule.

Il a froncé les sourcils et répondu le plus sérieusement du monde :

« J'hésite encore, soit champion de foot soit sauveur de dauphins…

— Pour le foot, on verra, mais pour sauver les dauphins, tu as déjà bien commencé.

— Oui, je sais.

— Tu me donnes envie de t'aider.

— Toi aussi, tu veux sauver des dauphins ? »

Il était passé au tutoiement, ce qui m'a fait secrètement plaisir.

« Oui, bien sûr. Tu sais, moi aussi, j'ai un métier un peu spécial. Je suis agent de bonheur.

Chaque jour, je cherche une mission, une M.B.B. pour rendre quelqu'un heureux. Ramasser des déchets, c'est une mission pour la planète !

— Alors, tope là ! » a-t-il dit virilement dans un beau sourire en me tendant la paume de sa petite main.

J'ai tapé dedans, fière d'être ainsi adoubée par ce petit chevalier sauveur de dauphins.

« Tope là ! »

À ce moment-là, trois garçons sont apparus dans le square.

Léo s'est levé et m'a dit très sérieusement, comme quelqu'un qui part au travail :

« Bon, ben, j'y vais. Je dois aller m'entraîner.

— Bien sûr. Alors à mercredi prochain, Léo.

— À mercredi ! »

Ainsi, les mercredis sont devenus les jours des missions pour la planète. J'étais ravie d'avoir un rendez-vous fixe dans ma semaine, surtout pour sauver les dauphins, surtout avec un enfant comme Léo.

Depuis, Fanette et moi avons suivi son exemple. Lors de nos balades, nous avons commencé à ramasser puis à jeter dans la poubelle la plus proche – souvent éloignée de quelques mètres seulement – les choses qui traînaient par terre. J'étais étonnée par leur quantité, j'en voyais bien plus que je n'aurais cru. J'avoue que si j'avais été seule, je me serais donné un quota, comme trois ou quatre objets par sortie. Mais avec Fanette, c'était impossible. Elle aimait tellement ces missions qu'elle me rapportait tout ce qu'elle trouvait à portée de laisse.

Quand j'ai raconté à Sylvie nos missions-planète inspirées par Léo, elle m'a dit :

« Il a raison, ce petit. Devant l'état actuel de la planète, rien faire suffit plus. On doit tous agir. Si vous voulez bien de moi, Léo et toi, je voudrais vous aider.

— Bienvenue, Sylvie ! Léo sera sûrement ravi. Tu nous rejoindras mercredi prochain pour le lui annoncer ?

— Volontiers !

— Alors tope là ! » lui ai-je proposé en lui tendant la paume de ma main droite.

Elle a haussé un sourcil étonné, deviné sans doute que je tenais ce signe de Léo et a joyeusement répondu en tapant en retour :

« Tope là ! »

10

Missions ratées

Le lendemain matin, le ciel était très gris, il pleuvait obstinément. Depuis la porte-fenêtre de la cuisine, Fanette et moi avons regardé un moment toute cette pluie tomber sur le jardin. Nous n'avions pas franchement envie d'aller à la chasse au bonheur dans ces conditions, mais nous avions un travail, des missions à accomplir et ce, quelle que soit la couleur du ciel. Nous sommes donc vaillamment sorties de chez nous.

En ville, les gens marchaient vite, ils avaient remonté les cols de leurs manteaux et se cachaient sous des parapluies. Quelle mission pourrais-je bien trouver à faire avec cette météo antipathique qui incitait plus à la fuite qu'à la rencontre ?

Après avoir cherché un petit moment, j'ai aperçu une vendeuse de bouquets de muguet – on approchait déjà du 1er Mai – sous un parasol vert, dégoulinant de pluie. Personne ne s'arrêtait devant son stand. Les mains frileusement enfoncées dans les poches de sa parka, elle avait l'air de mauvaise humeur. En voyant ses fleurs, un slogan publicitaire m'est revenu à l'esprit : « Un inconnu vous offre des fleurs ! » Je ne sais plus quel produit c'était censé nous vendre – un parfum, un déodorant, un dentifrice ? – mais la phrase m'était restée. J'avais trouvé ma mission du jour, une mission double : d'abord acheter un bouquet à la malheureuse fleuriste et ensuite l'offrir à un inconnu.

J'ai traversé la rue pour m'approcher du stand. J'ai dû tirer un peu sur la laisse parce que Fanette aurait préféré rester le long des bâtiments, à l'abri de la pluie. Malgré mes efforts de sympathie, la jeune femme a seulement désigné dans un même geste le prix du bouquet bavant sur un carton trempé et les fleurs en me marmonnant de choisir. J'ai pris un bouquet et payé. Je n'avais pas réussi à faire passer mes ondes positives. Au contraire, la frustration de la vendeuse commençait à m'envahir. Première mission ratée. J'avais mon muguet, mais ni le sourire de la fleuriste ni son bonheur.

Je me suis alors mise en quête d'un inconnu à qui les offrir. Je n'ai pas eu à chercher longtemps, au carrefour suivant, sous un porche, un homme était installé sur une vieille couverture et faisait la manche. Je me suis arrêtée devant lui et lui ai tendu mon bouquet, toute souriante, toute contente de mon idée. Mais il m'a dévisagée de la tête aux pieds et m'a dit d'un ton sec :

« Qu'est-ce que vous faites avec ces fleurs ?

— Eh bien, vous voyez, je vous les offre !

— Que voulez-vous que j'en fasse ? Vous avez pas de l'argent plutôt ? »

Puis, se tournant vers les gens qui passaient, il a dit très fort, les prenant à témoin :

« J'ai faim, j'ai soif, j'ai pas de toit sur la tête et elle m'offre des fleurs. Non, mais elle croit quoi, la petite dame, que je vis au palais de l'Élysée avec des vases en cristal pour mettre son muguet ? »

Quel goujat ! J'ai donc gardé mon cadeau et suis repartie, moitié vexée, moitié honteuse de mon idée évidemment stupide.

Heureusement, je n'étais pas loin de la cathédrale où j'ai vite retrouvé Sylvie. Voyant ma tête, elle a tout de suite compris que ça n'allait pas très fort, mais elle ne m'a fait aucune réflexion et a lancé d'un ton jovial :

« Ah, Perrine, tu tombes à pic. Justement, je voulais prendre ma pause et aller boire quelque chose de chaud au Café du Sourire. On y va ensemble ? Je t'invite, va ! »

Je l'ai suivie avec plaisir, contente à l'idée de pouvoir lui raconter mes déboires. Nous nous sommes installées devant nos boissons chaudes, Fanette s'est roulée en boule entre nos jambes. Sylvie n'a rien dit, elle m'a simplement regardée d'un air interrogateur. Dieu que j'aime le tact de cette femme ! J'ai vidé mon cœur. Comme toujours, elle m'a écoutée très attentivement, très sérieusement. Rien que cela m'a fait un bien énorme. Quand j'ai eu fini, elle a dit avec humour :

« Bienvenue sur Terre, Perrine ! En fait, tu es en train de comprendre que les conditions météorologiques ont un impact direct sur tes missions de bonheur ?

— Tu crois qu'on peut le résumer à ça ? ai-je demandé d'un ton sceptique.

— Ma foi, en partie certainement. Regarde, même Fanette semble tristounette aujourd'hui.

— Je crois surtout que mon idée était complètement idiote. Offrir des fleurs à quelqu'un qui est dans le besoin, c'est presque humiliant…

— Je suis pas du tout d'accord ! Au contraire, un geste apparemment superflu peut apporter un luxe précieux. Moi, si on m'offrait, par exemple… une boîte de chocolats d'un grand confiseur, je dirais pas non, tu peux me croire !

— Je n'en doute pas ! » ai-je répondu en riant.

Puis j'ai ajouté, toujours préoccupée par ce qui venait de m'arriver :

« En tout cas, ce clochard m'a bien mouchée…

— Disons qu'il t'a donné une leçon. À toi de l'analyser et de l'intégrer.

— Que veux-tu dire ?

— J'ai trouvé un livre récemment dans une pou… euh dans la rue, tu sais, on trouve de tout de nos jours. Va pas croire que je ramasse n'importe quoi, hein, je suis très sélective. Avec les livres comme avec les amis, a-t-elle précisé en me gratifiant d'un clin d'œil complice qui m'a beaucoup touchée. Dans ce livre, attends, je l'ai là… » Sur ce, elle s'est mise à fouiller dans le grand sac qui l'accompagnait partout. Tout en cherchant, elle continuait à expliquer son idée « … on parle de la loi du karma, tu connais ? »

Je me suis contentée de nier de la tête.

« Ça m'étonne pas, tu connais rien à rien… La grande loi du karma dit que chacun récolte ce qu'il a semé. Tu vois ? »

À nouveau, je me suis contentée de nier de la tête. J'étais fatiguée et déprimée par cette fichue matinée, et maintenant mon amie me donnait un cours en insistant bien sur ma nullité. Quelle chouette journée !… Mais Sylvie ne se rendait pas compte de cela, tout occupée qu'elle était à retrouver ce livre.

« Ah, le voilà. Non, tu piges toujours pas ? Eh bien, ça veut dire que même si les personnes à qui tu offres des fleurs le prennent pas bien et savent pas apprécier, ça fait rien, rien du tout car ce geste, cette intention bienveillante, te sera rendu un jour par quelqu'un d'autre. Ça fait comme une chaîne.

— Et comment ça marche ? ai-je demandé, soucieuse de comprendre.

— Ah ça, quelle question ! Personne sait.

— Et tu y crois, toi ?

— À fond ! Tu verras qu'un jour, quelqu'un sera adorable avec toi et il faudra pas te demander d'où ça vient. Ce sera la monnaie de ta pièce, comme on dit si bien.

— Et ça marche dans l'autre sens ?

— Tu veux dire si quelqu'un fait une vacherie ?

— Oui…

— Bien sûr, ton clochard mal luné se fera moucher à son tour. Faudra pas qu'il s'étonne… Tu vois, tu peux rester zen. Pas la peine de s'énerver contre les mufles de cette espèce, ça leur retombe toujours sur le nez. Toi, ton job, c'est de faire tes missions de bonheur et même si les autres le comprennent pas, c'est pas grave. Tu restes sur ta ligne, tu traces ton sillon sachant qu'un beau matin, la vie te sourira. Je crois que c'est l'erreur que font beaucoup de gens. Ils arrêtent d'être gentils parce qu'ils trouvent les autres ingrats. Mais il faut pas s'arrêter à un ingrat, ni deux, ni même trois ou quatre parce qu'un jour, Perrine, ça te reviendra… »

Devant ma mine sceptique, Sylvie a hoché la tête pour donner du poids à son argumentation et m'a tendu le livre.

« Tiens, je te le donne. C'est très bien expliqué, avec lui tu comprendras.

— Merci, Sylvie… »

Pour lui faire plaisir, j'ai pris son livre sans trop y croire.

« Perrine, toi, tu fais tes missions. Si tes "missionnés" les apprécient pas, apprécie-les d'autant plus. C'est ce que tu fais qui compte, pas ce que les autres en pensent. »

Nous sommes toutes les deux restées un moment silencieuses, à méditer cette pensée. L'idée que tout ce que je fais me sera resservi un jour, c'était difficile à croire. Comment l'expliquer ? Mais je pouvais comprendre au moins une partie de son message.

« Tu as raison, Sylvie. Le geste est même presque plus beau quand il passe inaperçu… Merci, j'apprécie beaucoup nos discussions. Elles me font avancer…

— Allez, a-t-elle conclu en mettant sa main sur mon épaule, rentre chez toi te mettre au sec et fais-toi plaisir. Demain sera un autre jour. »

Cette phrase, je la connaissais, je ne pouvais qu'être d'accord. Il y a aussi « À chaque jour suffit sa peine » que j'aime beaucoup. La sagesse populaire nous tend parfois des perches bien pratiques pour affronter le quotidien.

« *Yes!* Et toi, que vas-tu faire ?

— Je vais retrouver des potes, t'inquiète pas... »

Je l'ai dévisagée quelques secondes pour essayer de deviner si ce qu'elle disait était vrai. Allait-elle vraiment retrouver des amis ou disait-elle cela par délicatesse, pour que je rentre chez moi sans me faire de souci pour elle ?

« T'inquiète pas, a-t-elle répété, va mettre Fanette au sec, la pauvrette est toute trempée.

— Bien, Sylvie. Alors, à demain et encore merci.

— Pas de quoi, à demain, ma grande ! »

Avant de partir, j'ai déposé mon bouquet de muguet dans le verre d'eau qui accompagnait le café de Sylvie et qu'elle n'avait pas touché. Il avait ainsi encore une chance d'accomplir sa mission de bonheur, pour Claire la serveuse ou pour le prochain client qui s'assiérait à cette table.

Sur le chemin du retour, j'ai repensé à mon amie. Elle me parlait de papillons, de colibris, de loi du karma. Une philosophe des rues, en fait. Ce serait peut-être un métier à inventer. Aussitôt, je visionnais un petit film intérieur : je la voyais donner des conseils de vie à des passants venus la consulter sur les marches de la cathédrale, je voyais une longue queue de gens attendant patiemment leur tour pour s'asseoir par terre à ses côtés. Cette idée me plaisait beaucoup !

Plus je réfléchissais à ce que Sylvie avait dit, plus j'étais d'accord avec elle. Si au départ, je pensais que mon salaire serait le plaisir des autres, je me rendais compte que l'essentiel était la satisfaction intime de créer du positif.

11

La surprise de Martin

Le soir même, avant que j'aie eu le temps de lui parler de mes missions ratées de la journée, Martin m'a fait une surprise. Il m'a invitée au restaurant, dans notre pizzeria préférée. Cela tombait vraiment très bien. Nous n'y étions plus allés depuis longtemps. Fanette aussi était de la partie. J'avais un peu peur qu'elle se tienne mal, mais elle a trouvé épatant de pouvoir se mettre sous la table entre nos jambes et on ne l'a pas entendue de la soirée.

Martin semblait très content de lui. Il se trémoussait sur sa chaise comme un adolescent qui va déclarer sa flamme à son amoureuse. Cela présageait une suite, l'invitation au restaurant n'était sans doute que – comment dire ? – le cadre de la *vraie* surprise. En matière de surprises, mon petit mari n'est pas vraiment un champion, il n'en fait pas souvent. C'était d'autant plus attendrissant de deviner son stratagème.

À la fin du repas – j'avais commandé des profiteroles au chocolat, mon dessert préféré que je n'avais pas mangé depuis au moins trois éternités –, Martin a prétendu aller aux toilettes. J'ai fait celle qui ne se doutait de rien, mais intérieurement je bouillais d'excitation. Il est revenu avec un paquet, grand comme une boîte à chaussures, enveloppé de papier blanc, avec un nœud rouge quelque peu maladroit. Cela montrait qu'il avait sûrement fait le cadeau lui-même. Il ne devait donc pas s'agir de quelque chose de classique comme un bijou, un parfum ou des chocolats, car les vendeuses de ces magasins sont très très douées pour faire de jolis nœuds. Le suspense montait doucement.

Martin m'a tendu le paquet en me disant d'un air exagérément pompeux :

« Ma chère Perrine, j'ai le grand honneur, en tant que votre mécène particulier, unique et formidable, de vous remettre ce modeste présent qui, je le crois, est désormais indispensable au bon développement de votre mission sur cette Terre. »

Il était rose de plaisir ; moi aussi !

Je me suis saisie du paquet et j'allais arracher le papier quand Martin m'a arrêtée :

« Non, non, non, pas comme ça. Tu dois d'abord deviner ce que c'est.

— Oh, tu es dur avec moi !

— Moi qui croyais que tu aimais les surprises..., a-t-il dit, moqueur.

— D'accord, laisse-moi réfléchir... Ce ne sont pas des fleurs... »

Ma réponse était évidemment une plaisanterie : qui offrirait des fleurs dans une boîte à chaussures ? Mais mon Martin s'était tellement pris au jeu qu'il n'a pas remarqué son absurdité et a répondu très sérieusement :

« Effectivement.

— Mais ça pourrait être des chocolats... que tu aurais faits toi-même.

— Oui, mais ce n'est pas cela... »

Le suspense devenait insupportable.

« Ah, c'est vraiment trop difficile, aide-moi !

— C'est pour tes M.B.B...

— Non ?

— Si ! »

Martin jubilait.

« C'est pour le bon développement de mes M.B.B. ?

— Oui.

— Euh... un GPS portatif pour que je ne me perde plus dans les rues de la ville ? »

Il m'arrivait souvent de perdre mon chemin et, au lieu de m'aider, Fanette m'entraînait toujours plus loin de la maison, tout à la joie de nouvelles explorations. Nous rentrions alors très tard chez nous, ce que Martin appréciait modérément.

« Non !

— Un téléphone géolocalisé pour que tu puisses suivre mes pérégrinations ?

— Non !

— C'est électronique ? »

Martin aime bien tout ce qui est technologique.

« Non !

— Ça se mange ?

— Non !

— Allons, Martin, donne-moi des indices, je ne vais jamais y arriver ! »

Il était aux anges. Il a pris son temps, m'a resservi un verre de vin et expliqué :

« C'est un objet ou plutôt ce sont des objets qui te permettront de professionnaliser tes missions en laissant comme une signature... Parce que c'est bien joli, toutes ces cartes postales anonymes, mais tes clients ne savent pas pourquoi tu fais cela. Il me semble qu'il faut que tu communiques mieux, que tu officialises en quelque sorte ton travail, tu vois ?

— Non, pas vraiment... Ah si, ce sont des cartes de visite ! »

Je me suis alors jetée sur le paquet que j'ai déchiqueté à toute vitesse. Le nœud était coriace et il y avait trois fois trop de ruban adhésif. Mais enfin, j'ai pu l'ouvrir et découvrir des cartes dans deux formats : un format carte de visite et un format carte postale.

Au centre était écrit :

Perrine et Fanette Agentes spéciales en M.B.B. du Bureau des Missions de Bonheur Bilatéral

Dans le coin en bas à droite, il y avait une petite Fanette, dessinée façon Milou mais avec des taches noires et grises. C'était à la fois impressionnant et adorable.

Devant ma surprise, Martin m'a expliqué :

« J'ai beaucoup réfléchi et je pense que c'est une erreur de garder ces missions secrètes. Il faut que les gens sachent qu'elles font partie d'un plan. Ton intention est belle et noble, il faut la communiquer. Il faut parler de ta guerre contre la morosité et la grisaille. En plus, ça pourrait leur donner envie d'en faire autant. Et puis, c'est plus professionnel, non ?

— Oh, Martin, merci, c'est vraiment super, je ne sais pas quoi te dire…

— Je les ai faites sur l'ordinateur. J'ai repris un dessin d'Hergé et j'ai arrangé un peu pour qu'on reconnaisse Fanette.

— C'est vraiment extra ! »

J'en avais les larmes aux yeux, je n'avais jamais eu de cartes de visite de ma vie. Dans mon entreprise, c'était réservé aux cadres et au patron. D'un côté, j'étais très impressionnée et, de l'autre, je trouvais l'idée très drôle : officialiser les M.B.B., c'était génial. Quitte à en faire un travail, Martin avait raison, autant y aller carrément. Et la petite vignette dans le coin donnait ce qu'il fallait d'humour et de légèreté à l'entreprise. Vraiment, ces cartes étaient parfaites.

12

Monsieur Ronchon et les oiseaux

Tous les matins, lorsque nous allons nous promener, Fanette et moi, nous longeons un collège lugubre, en béton triste, avec de grandes fenêtres noires et une cour macadamisée en son milieu. Il est au bout de notre rue.

Quand nous passons autour de 7 heures 37, nous voyons toujours un monsieur en blouse gris-bleu qui sort de grandes poubelles roulantes. Il nous regarde d'un air soupçonneux comme s'il avait peur que nous commettions un crime. J'ai mis longtemps à comprendre, je pense qu'il craint que Fanette fasse une crotte sur sa pelouse. Je lui dis toujours bonjour en souriant mais il ne me répond pas. Au contraire, il me tourne le dos de façon ostentatoire en ronchonnant dans sa grosse moustache. Du coup, je l'appelle monsieur Ronchon.

Quand nous passons autour de 16 heures 12, il surveille les enfants pendant la récréation et j'ai l'impression qu'il a beaucoup à faire. Je le vois de loin sermonner des jeunes qui fument ou qui font pétarader des mobylettes. Une fois, je l'ai même vu se faire bousculer.

Il me fait de la peine en fait, monsieur Ronchon. Cela ne doit pas être facile de travailler comme concierge dans ce collège.

C'était le week-end prolongé de Pentecôte, le collège était bien calme. Monsieur Ronchon n'avait pas à faire la police avec les jeunes. Je l'ai vu soigner la haie qui délimitait la cour de l'école. Il en sortait des emballages de chips et de barres chocolatées, des canettes en aluminium, des bouteilles en plastique. Apparemment, les enfants jetaient leurs restes de goûter dedans. Il ne m'a pas vue approcher, il parlait tout seul :

« Bonne mère, tous ces détritus, c'est pas croyable ! Même la nature, ils la respectent pas ! Et comment que les oiseaux peuvent élever leurs petits avec tout ça, ils sont jamais tranquilles... Si c'est pas malheureux... »

« Bonjour, monsieur, ai-je gaiement lancé.

— Mmm..., a-t-il répondu, toujours aussi bourru.

— C'est le nettoyage de printemps ?

— Mêlez-vous de vos affaires. On vous a rien demandé.

— Oh, excusez-moi si je vous ai dérangé. »

Je m'y étais mal prise. Je devais changer d'angle d'attaque.

« Si vous avez des problèmes avec les jeunes, moi c'est avec les chats... »

Monsieur Ronchon s'est tourné d'un quart vers moi. Je commençais à l'intéresser. J'ai poursuivi :

« Dans mon jardin, j'aurais beaucoup plus d'oiseaux si les chats ne passaient pas leur temps à me les tuer mais j'ai peut-être trouvé la solution. »

Le concierge m'a fait alors complètement face, les sourcils levés bien haut, dans l'attente de la suite. J'ai baissé les yeux vers Fanette et j'ai continué :

« C'est ma chienne. Elle monte la garde et terrorise tous les chasseurs. J'ai un nid de mésanges bleues et même un couple de rossignols qui se sont installés cette année. J'espère voir bientôt les petits. »

Cela a semblé faire de l'effet sur monsieur Ronchon qui s'est alors penché vers Fanette.

« Ah bon, c'est bien ça. Et comment elle s'appelle, votre chienne ?

— Fanette.

— Eh bé, Fanette, tu saurais pas comment protéger ma haie des voyous de toutes sortes qui jettent leurs déchets dedans, même que ça m'énerve, tu peux pas savoir ! »

Fanette était assise et le regardait, très attentive. Elle avait peut-être une suggestion à faire mais nous ne l'avons pas perçue. Alors, c'est moi qui ai risqué une réponse :

« Peut-être que si vous mettiez un filet sur la haie…

— Un filet ?

— Oui, avec des mailles assez grandes pour laisser passer les oiseaux mais pas les détritus…

— N'importe quoi ! »

Sur ce, Ronchon est redevenu lui-même, il s'est détourné et est parti en haussant les épaules.

« Au revoir ! » ai-je lancé à son dos courbé.

Pendant notre promenade, je me suis dit que je ferais bien de lui ma prochaine « victime ». D'autant que nous étions presque collègues : lui aussi menait des missions pour la planète.

Je cherchais une idée… J'avais dans mon jardin un groseillier aux fruits très appréciés de mes petits locataires à plumes et il avait des rejets. Et si j'en offrais au concierge ? J'ai décidé de consacrer la journée à préparer ma surprise. J'ai planté quelques tiges de groseillier dans un pot que j'ai placé dans un carton assez haut pour les contenir sans les casser. Je voulais le déposer secrètement devant l'école.

Le soir même, avec Martin, nous avons attendu qu'il fasse bien noir, que les voisins éteignent leurs lumières, et nous sommes allés, discrets comme des voleurs, déposer le paquet devant la porte du collège. Comme c'était le week-end, seul monsieur Ronchon le trouverait le lendemain. J'avais mis à l'intérieur une des cartes de visite faites par Martin, avec ces mots : « Voici un modeste présent pour les oiseaux du collège. Bien cordialement », et je n'avais pas signé puisqu'il y avait nos noms, à Fanette et à moi, sur le petit carton blanc que j'avais longuement admiré, très satisfaite : ça faisait vraiment chic !

Le lendemain matin, un samedi, nous avons été réveillés très tôt par des voitures de police qui passaient à toute allure devant la maison en faisant hurler leurs sirènes. Que se passait-il donc ? Martin s'est habillé pour aller voir. Quant à moi, j'ai préféré allumer la radio pour écouter une station locale :

« Attentat terroriste au collège Jacques-Prévert… »

C'était le collège de ma rue !

« La police et une équipe de vingt démineurs sont sur les lieux. Le concierge a trouvé ce matin un énorme carton devant l'établissement. Tout porte à croire qu'il s'agit d'explosifs. Pour le moment, l'attentat n'a pas été revendiqué. La police fait un appel à témoins, toute personne ayant... »

D'un geste rapide, j'ai éteint la radio. Mais qu'est-ce que j'avais déclenché avec mon groseillier ? J'étais paniquée. Martin est revenu du collège avec les mêmes informations, aussi inquiet que moi.

« On se croirait dans un film américain ! La rue est bloquée, il y a des voitures de flics partout avec les gyrophares qui clignotent, ils ont tiré un cordon pour délimiter la zone, on n'approche pas à moins de cinq cents mètres. Ils ont peur que ça pète... »

Que faire ? Je raisonnais à toute vitesse, je penchais pour aller leur dire que c'était une surprise pour Ronchon. Mais s'ils nous arrêtaient et nous emmenaient au poste ? Que risquait-on ? A priori, rien. Offrir des plantes n'était pas interdit par la loi. Mais ce plan Vigipirate mettait tout le monde sur les dents, la preuve... et puis maintenant que les médias s'en mêlaient, je n'avais pas envie de passer sur tous les écrans de télévision du pays, quelle honte ! Je paniquais.

Martin m'a prise par les épaules et secouée :

« Perrine, Perrine, calme-toi ! On ne va rien faire. On va attendre que ça passe.

— Mais ils vont relever nos empreintes sur le carton…

— Nous ne sommes pas fichés. Ils ne pourront pas nous identifier.

— Ils ont lancé un appel à témoins. Quelqu'un a dû nous voir.

— Je ne pense pas, le quartier dormait profondément hier soir quand nous sommes sortis. Écoute, tant que la police ne vient pas nous chercher, nous restons à couvert. Ils n'ont aucune raison de penser à nous. »

Soudain, j'ai poussé un cri d'effroi :

« Mais si, j'ai mis une carte de visite à l'intérieur !

— Ah, ça, c'est bête… », a dit Martin, songeur.

Nous avons décidé de rester chez nous tout le week-end pour éviter qu'un voisin en nous apercevant ne se rappelle nous avoir vus aux alentours du collège avec un gros carton. La chienne a ainsi découvert le plaisir de passer du temps à chasser les chats et paresser au jardin.

Martin a fait une recherche sur Internet et appris que les équipes de démineurs avaient l'habitude de faire exploser les paquets louches sans les ouvrir. Nous espérions que ce serait le cas.

Dimanche soir, après deux jours passés terrés à la maison à écouter les flashes info toutes les heures et à nous préparer au pire, nous avons enfin soufflé en entendant que les journaux télévisés ne parlaient plus de mon groseillier. L'actualité, un véritable attentat en Espagne, avait remplacé le paquet suspect du collège Jacques-Prévert. Martin était un peu soulagé. Toutefois, pendant le dîner, il m'a dit :

« Écoute, Perrine, j'ai bien réfléchi…

— Moi aussi, ai-je répondu.

— Tu devrais arrêter ton plan M.B.B., c'est trop dangereux.

— Comment ? Tu me demandes d'arrêter mon travail ? Mais tu étais si fier de moi… C'est ma vie maintenant, tu ne peux pas me demander ça !

— Regarde ce qui s'est passé hier…

— J'y ai beaucoup réfléchi moi aussi et j'ai la solution : tu avais raison, c'est l'anonymat qui est dangereux. La prochaine fois, je mettrai notre carte de visite bien en évidence sur le paquet. Il est temps que j'assume complètement mes actes ! »

J'étais tellement décidée que Martin n'a rien trouvé à répondre.

13

Mission islandaise

Le lendemain, je me suis levée avec un léger mal de tête et l'impression que le plafond était plus bas que d'habitude. Était-ce dû au vin (j'avais un peu exagéré la veille pour me calmer les nerfs), au ciel gris ou au fait que mon projet de missions de bonheur avait pris un coup dans l'aile avec cette action policière ? La cause m'était bien égale. Le fait était que cette journée semblait difficile à commencer.

La danse de joie de Fanette qui m'a accueillie dans la cuisine n'a pas pu me dérider, et la chienne a vite remarqué que le cas était sérieux. Elle est retournée dans son panier en m'observant d'un air interrogateur.

J'ai doublé la dose de caféine, essayé un accompagnement musical euphorisant. Cela n'a produit aucun effet. On avait décidé, Martin et moi, que ce serait plus prudent que je ne sorte pas pendant quelques jours encore.

Je ne croyais pas être capable de remplir une quelconque mission de bonheur ce jour-là. J'avais du mal à « aimer bi.bi. ». Je n'avais qu'un désir, retourner me coucher. Mais ce serait dommage de rompre mon engagement alors que je m'y étais fidèlement tenue jusqu'à ce jour. Si j'avais un « vrai travail » avec un patron, des horaires, une rémunération en euros, il me serait tout bonnement impossible de retourner me coucher. Je me forcerais un peu. « Allons, ma fille – c'est comme ça que je m'appelle quand je me parle –, ressaisis-toi et trouve une M.B.B. qui ne demande pas beaucoup d'énergie et que tu peux faire de la maison. »

Pour accompagner mon troisième expresso de la matinée, exceptionnellement, j'ai allumé la radio. Je voulais vérifier que personne ne parlait plus de mon groseillier. Mais ce n'était pas l'heure des infos et je suis tombée sur une émission dans laquelle trois invités parlaient devant un micro de la procrastination. Il y a des gens, paraît-il, qui en sont les rois. Ils reportent toujours ce qu'ils doivent faire au lendemain, au surlendemain, au mois prochain. Et je les ai entendus donner des exemples. Cela m'a fait penser à Heike. Je m'étais promis de lui envoyer une surprise et cela attendait sur mon bureau depuis deux ans.

Pour les cinquante ans de Martin, comme il voulait voir des glaciers et des volcans, nous étions partis en Islande. À l'époque, je n'étais pas encore au chômage, nous pouvions nous permettre un beau voyage. Nous avions loué un petit camping-car à Reykjavik, la capitale, pour visiter le sud du pays. Nous avions acheté un guide qui listait tous les campings. Il n'y en avait pas énormément parce que l'île n'était pas encore très touristique. Nous y avions trouvé l'adresse d'une dame qui accueille gratuitement les campeurs sur son terrain devant sa maison. Je pense que c'est parce qu'elle habite tellement loin de tout qu'elle cherche à rencontrer des gens. Elle tient une petite boutique dans un container coloré posé au bord de la route, en face de sa maison. Elle y vend des objets qu'elle a récupérés de-ci, de-là et bricolés pendant l'hiver. Cette brocante est une collection de sauvetages, aussi fantaisiste que désespérée. Pour compléter cette offre éclectique, elle fait aussi des gaufres au sucre et au chocolat.

Heike passe la journée assise à la fenêtre de son container et regarde défiler les quelques véhicules qui empruntent la route en haute saison. Elle a bien le temps de les voir parce qu'ils doivent rouler tout doucement pour se frayer un passage parmi les jeunes oiseaux qui, considérant la route comme un terrain d'entraînement, s'essaient à la marche et au vol. Elle ne parle pas beaucoup. Elle regarde surtout. Elle est très grosse, très rose, très intimidante.

Une fois notre camping-car installé sur son terrain, je suis allée la voir pour faire la causette. Elle m'écoutait et me regardait avec insistance, mais répondait par monosyllabes. Comme je lui demandais si son prénom était allemand, elle m'a expliqué très sobrement que sa mère avait fui l'Allemagne en 1933. Elle avait sans doute voulu aller le plus loin possible… J'ai alors fait des efforts pour me souvenir de mon allemand de lycée. On a échangé quelques phrases, ça lui était plus facile que l'anglais.

En partant, nous nous sommes arrêtés une dernière fois devant son container multicolore et je lui ai demandé de m'indiquer un garagiste. Elle a pris son annuaire et essayé de m'expliquer. C'était difficile et les noms islandais ne sont pas des plus simples. Alors, elle a arraché la page pour me la donner. J'étais très touchée par son geste et l'ai remerciée. Elle a simplement hoché la tête. J'ai saisi l'occasion pour lui poser la question qui me brûlait les lèvres :

« Ça doit être dur ici l'hiver ? »

J'avais lu qu'en Islande en hiver, il fait jour seulement cinq ou six heures par jour pendant six mois. J'imaginais un froid et un climat tels que la vie est paralysée sur l'île, que les gens restent bloqués chez eux.

« Ça va, a-t-elle seulement répondu en dodelinant doucement de la tête.

— Je vois… »

Et c'était vrai, car on échangeait peu de mots mais ils suffisaient à me faire sentir l'isolement, la solitude, la patience qu'il fallait avoir, tout le renoncement. C'était dur de la quitter, de la laisser seule avec l'hiver qui allait arriver mais il fallait partir. Martin était au volant qui s'impatientait.

« Bon alors, au revoir », ai-je conclu à regret.

À ce moment-là, elle est sortie de sa boîte orange et bleue à une vitesse vertigineuse et m'a prise dans ses gros bras. Nous sommes restées enlacées un long moment. Nos âmes se touchaient. Quand elle m'a lâchée, elle avait des larmes plein les yeux. Moi aussi, je crois. Je l'ai regardée longtemps dans le rétroviseur nous dire au revoir de la main.

J'ai réfléchi à quel geste je pourrais faire pour elle et je me suis promis de lui envoyer de la lecture : *La Petite fille de monsieur Lihn*. Un joli texte peut éclairer les pires moments. Et puis cette histoire lui rappellerait peut-être la sienne : celle d'un migrant qui fuit son pays en guerre avec son bébé dans les bras – comme sa propre mère en 1933 –, et d'une amitié qui se passe de mots, comme la nôtre...

En rentrant chez moi, j'avais acheté le livre en allemand, cherché son adresse sur Internet, posé l'un sur l'autre, et mon élan s'était arrêté là.

Cette mission de bonheur qui consistait seulement à écrire une petite carte et à faire un paquet semblait à ma portée. Je suis donc partie à la recherche de cette adresse et de ce livre posés sur mon bureau depuis deux ans...

J'ai écrit un petit mot sur une carte de Martin :

Liebe Heike, chère Heike, vous ne vous souvenez sans doute pas des touristes qui se sont arrêtés chez vous et qui vous avaient demandé le chemin du garage le plus proche. Moi, je ne vous ai pas oubliée et je vous envoie un petit livre qui vous plaira, je l'espère, autant qu'à moi. En vous en souhaitant une belle lecture,

Bien cordialement,

Perrine

Et j'ai glissé la carte dans le livre. C'était la deuxième carte de visite que j'utilisais. J'espérais que celle-ci ne provoquerait pas une éruption de l'Eyjafjöll !

14

La visite de Sylvie

J'avais juste terminé mon paquet et j'hésitais à le porter moi-même à la poste, malgré ma décision de ne pas sortir quelques jours, quand le téléphone a sonné.

« Perrine, qu'est-ce tu fabriques ? On te voit plus. T'es pas malade au moins ? »

J'ai tout de suite reconnu la voix et le ton direct de Sylvie.

« Salut, Sylvie. Non, non, ça va.

— Non, ça va pas, je l'entends dans ta voix…

— Ben, la bombe au collège, c'était moi…, ai-je avoué, quelque peu honteuse.

— C'était toi ?

— Avec Martin, on a laissé un carton devant la porte pour le concierge…

— Et y avait quoi dans votre carton ?

— Des boutures, tu sais, des plantes… »

Sylvie a éclaté de rire.

« Ah ah ah ! Un plan Vigipirate de cinquante flics déclenché pour des fleurs, faut croire que t'es une dangereuse criminelle, Perrine ! »

Elle était admirative, ma copine, fière de moi, en fait.

« Je ne sors pas, le temps que ça se calme.

— T'as raison, reste planquée. Pas la peine de chercher les ennuis. Tu déprimes pas toute seule dans ta boîte en béton ?

— Un peu, mais...

— C'est quoi ton adresse ?

— 15, rue Jacques-Prévert, mais...

— Bouge pas, j'arrive. »

Je n'ai pas pu répondre, elle avait déjà raccroché.

Vingt minutes plus tard, elle sonnait à la porte. Elle apportait un gros os de gigot dans un sac en plastique. Elle l'avait trouvé dans la poubelle d'un resto en venant, m'a-t-elle dit :

« Pas que tu croies que j'en sois réduite à faire les poubelles... Mais il était trop beau pour le laisser. J'ai pensé qu'il ferait plaisir à Fanette. Elle doit déprimer de plus pouvoir se balader, la pauvre puce ! »

La pauvre puce était ravie. Elle a vivement emporté l'os dans le jardin et s'est installée sous le figuier. Elle avait de quoi faire pour le reste de la journée.

« Je te fais un café, Sylvie ?

— Volontiers. »

Elle m'a suivie dans la cuisine. J'ai remarqué qu'elle marchait avec précaution, comme pour ne rien salir. Elle a deviné mon étonnement.

« Tu sais, c'est bête à dire, mais ça fait longtemps que je suis plus rentrée dans une maison... C'est mignon chez toi. Ça me rappelle chez ma grand-tante. C'était petit aussi mais gentil, tu vois.

— Ça te plaît ?

— Et comment !

— Dis-moi, Sylvie, ça fait longtemps que je voulais te demander... Tu vis où en fait ?

— Bah, de-ci, de-là. Je tourne, tu sais, ça dépend...

— Mais tu reçois le RSA ou quelque chose. Tu ne pourrais pas prendre un appart ?

— M'en parle pas. C'est la galère. L'an dernier, j'ai visité une petite piaule qui aurait été parfaite pour moi. Un logement pour étudiants. Y avait une kitchenette, un canapé-lit... Le prix, tout était OK. C'était la fille du proprio qui faisait visiter et elle m'aurait bien donné la chambre. Elle disait qu'elle en avait marre de louer à des jeunes qui changent tout le temps et qui respectent pas toujours les choses, mais voilà...

— Voilà quoi ?

— Je pouvais pas aligner la caution. Trois mois, qu'ils demandaient. »

Nous sommes restées silencieuses une longue minute, chacune plongée dans ses pensées. Sylvie a repris :

« Remarque, c'est normal, hein ! Je comprends, moi aussi si j'avais un joli petit appart, je demanderais une caution parce que tu sais, les gens, y font plus attention à rien…

— Le loyer, il coûtait combien ?

— Trois cents euros sans les charges. Ça faisait une caution de neuf cents euros ! J'essaie de les économiser, mais il va me falloir des années. Et puis, dans la rue, on se fait piquer sans arrêt des trucs. L'autre jour, j'avais planqué mon sac de couchage et mes vêtements comme d'hab' dans une niche sous les remparts. Le soir, y avait plus de sac à viande. Encore heureux qu'ils m'avaient laissé mes fringues. J'ai été obligée de racheter un sac pour dormir. C'est toujours comme ça, alors je m'en sors pas… Mais je voulais pas parler de ça, Perrine, j'étais venue te remonter le moral. Raconte-moi un peu, ton attentat.

— C'était complètement idiot… J'ai préparé un grand carton avec un groseillier pour les oiseaux…

— Un quoi ?

— Une plante pour le concierge du collège. Il aime bien les oiseaux et c'est un buisson qui les attire parce qu'ils en mangent les baies... Et pour la première fois, j'avais mis une carte de visite, de celles que Martin m'a faites. On a eu drôlement peur que la police découvre que c'était nous... Bref, c'était une M.B.B. totalement ratée...

— C'est pas grave. Tu la referas, sans le carton ! Faut pas rester sur un échec. Il faut toujours rebondir, enfin... parfois c'est plus facile à dire qu'à faire... Tu sais ce qui me ferait plaisir ? a-t-elle ajouté, enjouée, pour faire distraction.

— Non, dis-moi.

— C'est l'heure des *Chiffres et des lettres*. Et si on regardait ? Ça fait une éternité que j'ai pas siroté un café devant la télé.

— Ah, ah ! OK, mais on peut voir autre chose. Pourquoi les *Chiffres et les lettres* ? Tu aimes ce jeu ?

— T'as même pas idée. Je suis vachement forte, enfin j'étais, autrefois... »

On a passé un beau petit moment sur le canapé. Sylvie trouvait autant de mots que les champions et comptait comme un as, mieux que moi. J'étais un peu vexée. Quand même, je suis comptable...

Comme elle s'apprêtait à partir, je me suis souvenue du livre pour Heike :

« Mince ! Sylvie, tu pourrais me rendre service ?
— Peut-être, a-t-elle répondu, prudente.
— Tu pourrais me poster un paquet ? C'est ma M.B.B. du jour et je ne veux pas la rater. Il vaut mieux pas que je sorte, alors si tu pouvais…
— Évidemment. Donne-le-moi, ton paquet.
— Tu me diras combien ça coûte.
— *Of course*, pas de soucis. Allez, à bientôt, Colibri ! » a-t-elle dit avec un clin d'œil complice en mettant le petit livre dans la poche de sa parka.

Quand Martin est rentré ce soir-là, je lui ai raconté ce que j'avais appris de mon amie. Il a conclu tout haut ce que je pensais tout bas :

« C'est incroyable d'être obligé de rester dans la rue parce que vous n'avez pas neuf cents euros sur votre compte en banque. C'est un cercle vicieux en somme : pas d'économies, pas d'appart ; pas d'appart, impossible de mettre des sous de côté à cause des vols… »

Nous nous sommes regardés. Nous avions eu la même idée au même moment, c'était une évidence ! Nous n'étions pas très riches mais notre compte d'épargne vacances s'élevait à mille cent cinquante euros et ce serait maintenant impossible, pour Martin comme pour moi, de louer un camping-car pour tourner en rond en Corrèze ou ailleurs en sachant que cet argent pourrait aider Sylvie à sortir de la rue.

« Et quand elle aura un chez-elle, elle pourra refaire sa vie… », a-t-il dit tout haut.

15

Sidonie et la layette

Je n'avais pas encore réussi à aller chez Sidonie chercher la layette pour le futur bébé de mon amie Marlène. On avait plusieurs fois reporté notre rendez-vous : ses enfants avaient été malades, puis il y avait eu les vacances scolaires, l'attentat. Le temps passait à une vitesse folle depuis quelques semaines.

Nous étions convenues que j'irais chez elle dans l'après-midi et que je viendrais avec Fanette pour faire plaisir à ses enfants.

Lorsque je suis arrivée, elle m'a ouvert tout grand sa porte, d'un seul coup, pour nous laisser entrer. Ce geste symbolisait bien le personnage. Sa maison était pleine à craquer d'objets pour les enfants. Elle avait fait deux fausses couches avant d'avoir son premier fils, et ses enfants occupaient une place énorme, comme le montrait son intérieur. Le sol et tous les meubles étaient couverts de jouets et de peluches. Autour et sur la table de la salle à manger, Sidonie avait préparé mon arrivée et posé des piles de vêtements triés par tailles. Elle a commencé par me montrer un berceau premier âge, une première poussette, puis une deuxième, une chaise haute spéciale pour les premiers mois, un parc à jouets, un siège auto avec un système pour l'adapter à la taille du bébé, un système, non deux systèmes pour porter le bébé sur le ventre ou sur le dos… J'étais ahurie.

Elle a appelé les enfants qui étaient à l'étage dans la salle de jeux, a-t-elle dit. Il y avait donc d'autres pièces pleines de jouets ?

Les garçons ont été très contents de voir la chienne et ils sont sortis tous les trois jouer au ballon dans le jardin. Comme il faisait très beau, nous les avons suivis et nous nous sommes installées sur la terrasse pour prendre un café. J'avais apporté une tarte aux fraises.

J'ai expliqué la situation à Sidonie :

« Mon amie Marlène est enceinte et elle n'a vraiment pas beaucoup d'argent. Cette grossesse n'était pas prévue et tombe plutôt mal…

— Elle peut avoir tout ce qu'elle veut. Je lui ferai un petit prix. J'ai tout ce dont elle peut avoir besoin jusqu'à l'âge de deux ans. Moi, je n'ai pas le temps de tout préparer pour le magasin d'occasions : il faut trier ce que l'on veut vendre, tout étiqueter... et puis j'aime savoir que j'aide quelqu'un.

— Je pense que le mieux serait qu'elle vienne elle-même pour décider de ce qu'elle veut.

— Bien sûr. Je préférerais aussi. J'ai choisi toutes ces affaires avec beaucoup de soin, j'aimerais que la personne qui en héritera le sache et l'apprécie...

— Sidonie, il y a quelque chose...

— Oui ?

— Marlène ne sait pas que c'est moi qui ai passé une annonce, ni que j'ai dit qu'elle n'avait pas d'argent... Elle croit que j'ai trouvé ton annonce et que tu proposes de tout petits prix, tu comprends ?

— Non, pourquoi ?

— Parce que... elle est assez fière, son mari aussi, tu vois, et je ne veux pas qu'elle sache que je t'ai dit qu'elle n'avait pas les moyens.

— Oh, naturellement, je comprends.

— Merci ! »

En nous raccompagnant à la porte, la chienne et moi, elle a ajouté :

« Elle a bien de la chance, Marlène, d'avoir une amie comme toi...

— Bah, j'essaie juste de me rendre utile, comme je n'ai pas de travail en ce moment…

— Quand même, elle a de la chance.

— Allez, à bientôt Sidonie. Et merci encore, ton geste est très généreux ! »

16

La liste des M.B.B.

Ce matin, au petit-déjeuner, en pensant à ma journée de travail, je me suis rendu compte qu'il allait falloir que je m'organise un tantinet. Si je m'étais jusqu'ici fixé une mission de bonheur par jour, que je trouvais encore le plus souvent au pied levé et au hasard des rencontres, j'en avais maintenant plusieurs devant moi et cela demandait un peu plus de planification.

J'ai donc pris une feuille pour établir une liste.

Je lui ai d'abord donné un titre, *Liste des M.B.B. à accomplir*, puis j'ai réfléchi à un ordre de priorités :

1 : parler à Sylvie d'un appartement, la convaincre d'accepter notre aide pour la caution,

2 : téléphoner à Marlène et fixer un rendez-vous pour aller chez Sidonie constituer la layette du bébé,

3 : préparer un deuxième pot de rejets de groseillier pour les oiseaux de Ronchon, le lui livrer,

4 : refaire le tour des balcons, redistribuer des compliments sur des cartes de visite, officielles cette fois.

À ce moment-là, la chienne a gémi. Elle était assise devant la porte, le nez en l'air, les yeux fixés sur la poignée. Le message était clair : elle voulait aller se promener. Je lui ai ouvert la porte du jardin pour qu'elle sorte sans moi. J'avais encore besoin d'un peu de temps pour réfléchir. Elle m'a regardée, quelque peu interdite que je ne prenne pas la laisse et ne l'accompagne pas. Cela m'a fait penser que nous avions déjà nos petites habitudes. Depuis combien de temps était-elle chez nous ?

À ce propos, il faudrait que j'appelle un vétérinaire pour déclarer que j'avais trouvé un chien et demander quelle était la marche à suivre… Mais, ça, je n'en avais vraiment pas envie. J'avais trop peur de devoir me séparer de ma nouvelle amie, si indispensable aux M.B.B. et aussi à ma vie. Il faudrait cependant le faire, car elle était sûrement pucée et cela risquait de me causer des ennuis un jour.

J'ai repris ma liste. Je l'ai relue pour me remettre au travail.

5 : ?

Y avait-il un point 5 ? Ah oui, cette nuit, j'ai eu une nouvelle idée. Je pourrais aussi faire des M.B.B. avec des proches. Je voudrais écrire des cartes de remerciement à des personnes qui ont compté dans ma vie.

Je pensais à mon amie Bénédicte dont les parents m'avaient accueillie pendant des années, en toute simplicité. Entre l'âge de huit et douze ans, j'étais souvent allée chez eux le dimanche pour jouer avec leur fille. Une famille modeste, nombreuse et heureuse. Grâce à eux, j'avais découvert qu'on pouvait passer une journée sans cris, sans reproches, sans disputes. Ils ne s'étaient certainement pas rendu compte de l'importance que ces week-ends-oasis avaient eue pour moi. En fait, ils m'avaient donné un modèle de vie. Ils m'avaient montré qu'il était possible de vivre en couple dans le bonheur. Il était temps que je le leur dise !

Je pensais aussi à ma grand-mère qui m'avait souvent gardée quand j'étais petite et qui m'avait fait aimer les autobus, le colin bouilli et les cactus. Elle vieillissait loin de moi, en maison de retraite. La pudeur nous empêchait, moi de lui dire tout mon amour et toute ma reconnaissance, elle d'écouter ce que j'avais à lui raconter. Je lui écrirais donc.

Il faut que je me dépêche, ai-je pensé, pas de procrastination cette fois, pas comme avec Heike : les parents de Bénédicte comme ma grand-mère sont très âgés. Je dois leur écrire avant qu'il ne soit trop tard…

J'ai ainsi complété ma liste :

5 : lettres de remerciement aux parents de Béné et à Grand-mère.

Puis j'ai dessiné une flèche du numéro 5 au numéro 2 pour inverser les priorités. J'ai regardé ma liste, très satisfaite. On y voyait déjà plus clair, c'était un joli programme. Maintenant, je pouvais sortir Fanette.

J'ai appelé la chienne qui était dehors en train de creuser un terrier – heureusement que cela nous était égal, à Martin et à moi, parce qu'elle aurait été une catastrophe pour des amoureux de leur jardin ! Elle est arrivée vers moi, très gaiement : elle était toute couverte de terre. Fanette était charmante mais c'était une petite terreur qui me ramenait toujours plein de saletés dans la maison – quand elle ne s'était pas roulée dans des détritus et autres cochonneries pour parfumer mon intérieur ! Quant à l'obéissance, c'était de l'à-peu-près : quand je l'appelais, elle ne venait que si elle n'avait rien de mieux à faire. Je ne la promenais donc qu'en laisse et je n'avais toujours pas réussi à lui apprendre à ne pas tirer comme une folle sitôt qu'elle voyait un chat, un écureuil ou quoi que ce soit qui l'intéressait. Heureusement qu'elle n'était pas trop grosse et que je pouvais résister quand elle s'élançait de toutes ses forces !

Je lui ai mis la laisse, pensant qu'il était inutile que je la lave avant la promenade, et j'ai ouvert la porte du jardin pour sortir. C'est alors que Fanette a vu le chat du voisin…

17

Perrine à l'hôpital

bip bip…

18

Fanette en danger

Bonjour, c'est moi, Sylvie, je prends le relais parce que Perrine... eh ben... pour le moment, elle peut pas vous écrire. Elle s'est fait renverser par une voiture en sortant de chez elle pour promener le chien. On sait pas exactement ce qui s'est passé. Le conducteur dit que la chienne s'est jetée sous ses roues et que Perrine était au bout de la laisse...

J'écris pas aussi bien qu'elle, faudra m'excuser, mais je vais faire mon possible.

Fanette est à la clinique vétérinaire avec une double fracture du bassin. Perrine est à l'hôpital, dans le coma depuis trois jours. Les médecins peuvent rien dire. Ils savent pas si elle reviendra à elle. Martin est démoli. Moi, j'essaie de le rassurer et je passe beaucoup de temps aux côtés de mon amie. C'est horrible de la voir comme ça, allongée sous un drap vert avec des tuyaux partout et ces machines qui font *bip-bip* toute la journée.

Mais je le fais parce que je suis sûre qu'elle le sent. Je reste toute la journée, et le soir Martin vient prendre le relais en sortant du travail. Pour le moment, financièrement, je tiens, mais il va falloir que Perrine se réveille vite parce que, moi aussi, j'ai un taf.

J'ai pensé que ce serait super si Fanette pouvait lui tenir compagnie. Il faut que Perrine ait envie de revenir vivre avec nous et comme elle adore sa chienne, ça pourrait la motiver. Et puis, si la chienne la veillait pendant le jour, je pourrais retourner faire la manche au moins quelques heures.

Je suis allée à la clinique vétérinaire hier. Une assistante m'a accompagnée jusqu'à la cage où on la gardait. J'ai trouvé la chienne recroquevillée dans un coin. Elle était méconnaissable. Elle gémissait à fendre l'âme. La véto passait dans le couloir, alors je l'ai accostée en la suivant :

« Euh, excusez-moi, docteur. Fanette là, la petite au fond de la cage, elle souffre beaucoup, là, regardez… On peut pas faire quelque chose ?

— Non, je suis désolée, on lui donne des antidouleurs. Le problème a l'air psychologique. Vous connaissez un peu son histoire ?

— Tout ce que je sais, c'est que mon amie Perrine l'a trouvée dans un sale état sous le pont de la nationale, il y a quelques semaines.

— Elle a peut-être vécu dans un chenil ou passé un moment de sa vie à la S.P.A. En tout cas, elle semble en avoir gardé un mauvais souvenir... Nous le saurons bientôt parce qu'elle porte une puce. J'ai contacté le propriétaire qui a dit qu'il allait passer.

— Oh non ! Me dites pas que le propriétaire veut la reprendre ?

— Bien sûr, c'est une chienne de race et il a un élevage. Il était très content quand je lui ai annoncé qu'on avait retrouvé sa chienne. Il a dit qu'il arrivait au plus vite. D'ailleurs, je n'ai pas eu le temps de lui dire qu'elle était doublement fracturée... »

J'étais désespérée. Fanette était mon espoir de ramener Perrine à la vie. J'ai expliqué la situation à la vétérinaire qui s'est montrée très compatissante, mais elle m'a répondu qu'elle pouvait rien faire : Fanette appartenait légalement à quelqu'un d'autre et tout dépendrait de cette personne.

À ce moment-là, nous avons vu arriver un homme énorme, grand et lourd, avec une casquette vissée sur la tête, une veste kaki ouverte sur un vieux pull, des bottes en caoutchouc, une barbe de trois jours.

« Bonjour, a-t-il dit en tendant une grosse patte à la vétérinaire. Bernard Boullu. On s'est parlé au téléphone tout à l'heure. Je viens récupérer mon chien.

— Oui, monsieur, c'est par ici. Suivez-moi. »

Je les ai accompagnés, effondrée.

Quand nous sommes arrivés devant la cage, Fanette s'est mise à trembler de tout son corps. Elle s'est caché les yeux sous ses pattes avant. Elle s'est faite la plus petite possible et a couiné de plus belle.

La vétérinaire a interrogé le propriétaire du regard, mais il a pas semblé du tout ému. Elle a poursuivi très professionnellement :

« Votre chienne s'est fait renverser par une voiture, double fracture du bassin.

— Sale bête ! Ça m'étonne pas d'elle. C'est une tête brûlée. Elle s'est enfuie de chez moi il y a six mois, alors que je voulais la faire saillir…

— Ah, monsieur, après cette fracture, vous pouvez oublier l'idée de lui faire avoir des portées.

— Comment ? Vous plaisantez, j'espère ? a-t-il crié d'un ton soudain très violent.

— Non, monsieur, je ne plaisante jamais avec la santé de mes patients, a-t-elle répondu en se grandissant autant qu'elle le pouvait pour faire face au géant.

— Je viens de faire deux cents kilomètres et vous me dites que cette chienne ne vaut plus rien ? J'ai un élevage, moi...

— Je suis désolée pour vous... »

La chance me souriait, je l'ai saisie au vol :

« Monsieur, je veux bien l'adopter moi, puisqu'elle vaut plus rien... »

Il s'est tourné vers moi et m'a inspectée de haut en bas :

« Vous êtes qui vous, d'abord ?

— Je suis l'amie de la dame qui s'est occupée de votre chienne...

— Occuper de ma chienne ? Vous plaisantez ? Elle lui a fait avoir un accident. Elle doit me dédommager, oui ! Cette bête valait deux mille euros avant son accident !

— Deux mille euros ? »

D'un coup, je me suis sentie mal. La vétérinaire l'a remarqué. Elle m'a regardée puis elle a observé la chienne, terrorisée et toujours recroquevillée dans le coin le plus éloigné du chenil. Alors elle est intervenue :

« Monsieur Boullu, vous avez donc un élevage de fox-terriers ?

— Vous êtes pas très rapide à la détente, on dirait ! a-t-il répondu très rudement.

— Je pense que je vais vous signaler aux autorités sanitaires. Quand je vois dans quel état est cette petite chienne depuis que vous êtes devant elle, je me fais du souci pour vos autres bêtes… »

Boullu s'est mis à rouler des yeux, il a commencé à gonfler comme pour exploser de rage, mais tout à coup, il a réalisé ce que cette menace signifiait et s'est dégonflé comme un vulgaire ballon de baudruche.

La vétérinaire a poursuivi :

« Si vous voulez récupérer votre chien, monsieur Boullu, vous passerez au secrétariat : vous me devez deux mille euros pour l'opération et la pension.

— Quoi ? Deux mille euros ? Vous n'êtes pas sérieuse ?

— Je suis toujours sérieuse, monsieur Boullu. Mais dites-moi, deux mille euros, c'est le prix que vous demandez pour la chienne… Si vous la donnez à madame, c'est elle qui devra payer la facture. »

Boullu a regardé autour de lui comme pour chercher du renfort. Mais il était tout seul. Il a fini par aboyer :

« Eh bien, gardez-la, cette sale bête, et je vous souhaite bien du plaisir ! »

Puis il a tourné les talons sans attendre notre réponse, il a ouvert la porte violemment et l'a claquée derrière lui avec tout le mépris dont il était capable. Nous sommes restées quelques secondes songeuses en regardant Fanette qui sortait lentement de sa transe.

Bon, on était débarrassées d'un problème, mais il en restait un autre de taille.

« Je vous remercie, docteur, pour Fanette et pour mon amie Perrine, ce que vous avez fait est formidable. Seulement voilà, deux mille euros…

— Ah, ne vous en faites pas ! C'était du bluff. L'opération a coûté bien moins que cela… »

Face à mon air ahuri, elle m'a expliqué :

« Mais vous savez, elle ne vaut pas non plus deux mille euros, c'est ce type qui a commencé ! Allez, prenez cette petite bête et ramenez-la à sa maîtresse de cœur. Cela les aidera toutes les deux à guérir plus vite ! »

J'étais tellement soulagée que j'ai pris la véto dans mes bras et l'ai serrée très fort, un peu trop sans doute, elle m'a repoussée doucement et a marmonné :

« Oui, oui, c'est bon… C'est pas pour vous que je le fais, hein ! C'est pour la chienne… »

Puis elle a ajouté :

« La facture n'est pas prête. Laissez une adresse au secrétariat, je vous l'enverrai plus tard. »

Comme j'ai pas d'adresse, j'ai donné celle de Perrine et Martin. Sans voiture, pas question d'emporter Fanette, incapable de marcher. Je suis donc revenue le soir avec Martin. Mais c'était pas si simple que je croyais.

19

L'article dans le journal

QUAND NOUS SOMMES ARRIVÉS le soir à l'hôpital avec Fanette dans les bras, on nous a fait barrage : « Les animaux n'ont pas accès aux chambres », qu'ils ont dit. Perrine pourrait saluer sa chienne à la cafétéria ou dans le parc, mais celle-ci pouvait en aucun cas monter à l'étage. Il y avait rien à faire.

Comme Perrine était dans le coma et pouvait clairement pas quitter sa chambre, l'affaire semblait sans issue. Nous sommes repartis avec la chienne pour l'installer chez Martin. Mais en route, j'ai eu une idée :

« Martin, j'ai un pote qui est journaliste. Il est spécialisé dans la rubrique des chiens écrasés, ça tombe bien ! »

J'essayais de faire de l'humour pour nous remonter le moral, qui était bien bas. Mais il a pas répondu. Il avait pas remarqué mon jeu de mots. J'ai voulu expliquer :

« Je vais lui demander de nous aider… »

Comme il réagissait pas, perdu qu'il était dans ses tristes pensées, j'ai plus rien dit.

Le lendemain, je suis partie à la recherche d'Edgar, mon pote journaliste. On avait fait connaissance dans la rue, je l'avais renseigné plusieurs fois pour des articles. Comme il disait, j'étais bien placée pour voir ce qui se passait dans notre ville. Je l'ai trouvé au Café du Sourire, son bistrot préféré.

« Salut, Edgar. Comment tu vas ?

— Bien, ma belle, et toi ?

— Ça va, ça va. Dis-moi, j'ai un service à te demander…

— Toi, tu me demandes un service ? Pour une fois… Bien sûr, tout ce que tu veux, dis-moi tout. »

Alors je lui ai raconté toute l'histoire : Perrine partie en guerre contre la grisaille et le chômage, sa petite chienne qui était son assistante dans ces missions de bonheur. Puis je lui ai parlé de l'accident, du coma, de l'hôpital qui acceptait pas que les deux amies se retrouvent. J'ai conclu en criant presque :

« C'est une question de vie ou de mort, Edgar !

— Je comprends bien, mais qu'est-ce que je peux faire, moi ?

— Tu pourrais écrire un article sur elles pour sensibiliser l'opinion publique et faire pression sur l'hôpital... et si... s'ils acceptent toujours pas de faire exception pour elles, on lancera une pétition !

— Oh, oh ! Je vois que tu es très motivée. Écoute, c'est d'accord. Je l'aime bien ton histoire. Ça change des faits divers habituels. Tu vas me donner plus de détails et les coordonnées du mari de Perrine et je te promets de faire le maximum. »

Et le matin suivant, en première page, il y avait une photo de Perrine et Fanette qui regardaient gaiement les lecteurs avec en titre :

« Perrine entre la vie et la mort.
L'hôpital interdit à son amie Fanette
de la sauver ! »

Edgar avait promis de faire de son mieux, j'étais épatée. L'article était sensationnel. Je vous l'ai recopié, le voilà :

Cette année, pour la première fois dans toute l'histoire de notre belle ville, le printemps n'a pas été le seul à apporter du soleil dans nos vies. Cette année, pour la première fois, et nombre de nos lecteurs l'ont certainement observé, deux personnages aussi remarquables qu'admirables ont sillonné nos rues pour distribuer du bonheur. Vous les avez vues, Perrine et Fanette (voir photo), se promener parmi nous à la recherche d'une mission de bonheur. En effet, Perrine, valeureuse chômeuse de cinquante ans, est devenue auto-entrepreneure en bonheur. Comme aucun employeur n'a voulu lui redonner sa chance, elle a courageusement décidé de ne pas se laisser abattre et de faire contre mauvaise fortune bon cœur en profitant de son temps devenu libre, bien malgré elle, pour se consacrer à un nouveau travail : être une « semeuse de bonheur ». Vous me direz : comment fait-elle ? Elle distribue des compliments, rend service aux gens, fait des cadeaux à ceux qu'elle croise. Sa petite chienne l'assiste dans son travail et ensemble, elles ont déjà fait bien des heureux. Mais le sort s'est retourné contre elles sous la forme d'une voiture qui les a écrasées. Par la grâce de Dieu, elles ne sont pas mortes... ou du moins pas encore ! Car si Fanette a une double fracture du bassin dont plus rien ne paraîtra dans quelques semaines, Perrine, elle, est dans le coma, entre la vie et le trépas. Malheureusement, à cause de réglementations hygiéniques très strictes, l'hôpital a séparé les deux amies et c'est seule que Perrine a commencé son dur combat contre la mort. Sa Fanette n'a pas le droit de la rejoindre et elle pleure, seule à la maison, sans comprendre pourquoi elle ne peut retrouver sa maîtresse. Cette histoire touchera sans doute vos cœurs comme elle a touché la rédaction de votre cher journal. Nous sommes impuissants et ne pouvons que vous rapporter les faits et espérer, espérer que bientôt à nouveau Perrine et Fanette arpenteront les rues de notre bonne ville pour notre plus grand bonheur.

Il avait mis le paquet, mon copain Edgar ! Quel professionnel ! J'en avais les larmes aux yeux. Je me suis demandé s'il y était pas allé un peu fort tout de même, mais il connaissait bien son métier, car, vers midi, le directeur de l'hôpital a appelé Martin, pas très content :

« Qu'est-ce que c'est que cet article ? Depuis que le journal est paru ce matin, nous avons reçu des centaines d'appels de lecteurs qui nous insultent, mais nous avons des règles d'hygiène à respecter, nous ! Qu'est-ce que vous croyez ? C'est un hôpital ici, pas un hôtel ! Nous avons des malades qui ont besoin de... »

Martin l'a interrompu :

« Je sais bien, Monsieur le directeur, et je vous comprends tout à fait. Mais c'est un cas spécial : ma femme tient tellement à ce petit chien que s'il était avec elle, nous augmenterions les chances de son réveil, j'en suis absolument certain.

— Mais que proposez-vous ?

— Ne serait-il pas possible de déplacer Perrine dans une partie de l'hôpital dans laquelle les règles d'hygiène sont moins strictes ? Je vous signerai une décharge, bien entendu.

— Euh... eh bien, je vais voir ce que je peux faire. Attendez une seconde. »

La conversation a été interrompue par une *Lettre à Élise* grinçante. Au bout d'une éternité de torture acoustique, le directeur est revenu au bout du fil :

« Écoutez, c'est d'accord. On va les mettre dans le pavillon gériatrique où nous n'avons pas de pathologies graves en ce moment.

— C'est formidable, je vous remercie infiniment. Quand puis-je amener la chienne ?

— Dans une heure. Je veux régler ce problème au plus vite. Avez-vous les coordonnées du journaliste ?

— Non, je suis désolé, ce n'est pas moi qui…

— Bon, je vais tout de suite appeler le journal pour calmer la situation au plus vite. Au revoir, monsieur. »

Et il a raccroché sans attendre de réponse.

Martin m'a téléphoné pour m'apprendre la bonne nouvelle et, une heure plus tard, Fanette retrouvait sa maîtresse à l'hôpital. Nous avons déposé la chienne sur le lit, car la pauvre petite pouvait pas marcher. La vétérinaire avait ordonné l'immobilité à cause de son bassin fracturé, enfin autant que possible. La chienne a fait une fête folle à sa maîtresse. Elle gémissait, aboyait, grondait comme pour lui raconter tout ce qu'elle avait vécu depuis leur séparation. Puis elle s'est mise à lui mordiller la main pour essayer de la réveiller. Finalement, devant le manque de réactions, elle s'est couchée le long de ses jambes, résolue à être patiente. L'équipe médicale était pas d'accord et nous a expliqué que c'était pas possible, qu'ils devaient avoir accès au lit pour les soins. Alors nous l'avons installée sur une chaise en skaï, placée près du lit, sur laquelle on avait mis sa serviette. La chienne semblait enchantée de ce rôle de gardienne et a commencé ainsi à vivre à l'hôpital : je passais le matin et le midi pour la sortir, Martin le soir.

Mais cela a pas suffi à ramener mon amie à la vie. Il allait falloir trouver autre chose…

20

Le club des sauveurs de dauphins

Le lendemain était un mercredi. Comme je vis dans la rue, c'est parfois difficile pour moi de pas perdre le fil du temps mais le mercredi, c'est un jour très spécial : c'est le jour où on voit des gamins partout en ville avec des mamies, des mamans, des nourrices, mais pas de papas.

Je sortais de l'hôpital quand un petit groupe de quatre copains avec des sandwichs et un ballon sous le bras est passé près de moi. J'ai soudain pensé à Léo. Il allait attendre Perrine et Fanette au square. Il serait sûrement très déçu de pas les voir et aurait l'impression que sa nouvelle collègue sauveuse de dauphins tenait pas ses promesses. Je détestais cette idée. Les promesses, c'est toujours important, surtout celles faites aux enfants. Il fallait donc que je le trouve mais je savais pas à quel square elle avait rendez-vous.

Comment faire ? La ville était grande, les aires de jeux nombreuses et encore plus nombreux les gamins qui jouaient au ballon ! J'avais peu d'indices : son nom, Léo, et son amour des dauphins… Aucune description : était-il blanc, black, beur ? Blond, brun, roux ? Même pas son âge… Il me faudrait une armée pour ratisser la ville. C'est alors que j'ai pensé à l'Armée du Salut ! J'y allais des fois quand j'y arrivais vraiment pas ou pour manger chaud l'hiver. Une fois, ils m'avaient donné un sac de couchage, ça m'avait drôlement bien dépannée. Si j'y allais maintenant, j'étais à peu près sûre d'y retrouver Lemaître, Gazigue, Diego et Juju, qui vivent dans la rue comme moi. C'est pas dans mon style de demander de l'aide mais là, j'avais pas vraiment le choix. Si je me dépêchais un peu, je les trouverais peut-être à la cantine.

En arrivant, j'ai tout de suite repéré Lemaître au fond de la pièce. Lui, on peut pas le rater parce qu'il est grand et noir avec des tas de cicatrices sur le visage, souvenirs d'une attaque au couteau à trois contre un en pleine nuit… Un physique pas facile, encore pire quand t'es dans la rue. Ça lui a valu des tas d'histoires avec les flics. Il vient à la permanence de l'Armée du Salut chaque jour pour lire en bonne compagnie, comme il dit aux dames qui distribuent les repas. Il les a toutes mises dans sa poche avec sa voix grave et ses yeux de velours. Il apporte les livres qu'il trouve dans la rue les jours de ramassage de vieux papiers. Quand un lui plaît, il le garde, sinon il lui donne une nouvelle chance en le mettant sur l'étagère à livres de la place Monplaisir. À force d'en garder, il ressemble à une bibliothèque ambulante, il trimballe avec lui un énorme sac à dos rectangulaire plein de bouquins.

« Bonjour Lemaître !

— Hey, salut Sylvie. Tu viens manger avec nous ?

— Si je peux.

— Assieds-toi là. Gazigue et Diego vont arriver.

— Et Juju ?

— Chais pas. Tu sais, Juju, il va il vient… Ah tiens, les voilà ! » a-t-il dit en leur faisant signe.

Je les ai vus arriver avec leurs bardas et leur guitare, une pour deux, c'est déjà ça, comme ils disent. Gazigue et Diego, c'est nos baladins à nous. Ils sont doux et paumés. Gazigue, c'est son pater qui l'a mis à la rue et Diego, la femme de sa vie.

Depuis, ils flottent à la surface de l'existence en chantant. Gazigue préfère Brassens et Diego les ballades anglaises. Leur chance, c'est de s'être trouvés. Depuis, ils se quittent plus.

« Sylvie, ça fait une paye qu'on t'a pas vue ici !

— C'est vrai. Vous allez bien, vous deux ?

— Autant que possible, autant que possible…

— Je suis venue pour vous demander un service.

— Ah voilà, a simplement commenté Lemaître.

— Explique, a dit Gazigue.

— Ben, j'ai une amie qui a promis à un gamin de le rejoindre tous les mercredis dans un square mais elle a eu un accident… enfin, bref, elle peut pas. »

Mes trois potes, très attentifs, attendaient que je leur explique leur partie.

« Le problème, c'est que je sais pas comment le retrouver, le gamin.

— Et tu peux pas lui demander, à ta copine ? a demandé Diego.

— Elle est dans le coma.

— Ah, ben merde, a ponctué Gazigue.

— Bon, ben, qu'est-ce que tu sais sur ce môme ? a questionné Lemaître.

— Pas grand-chose, il joue au foot tous les mercredis et il aime les dauphins.

— Ben, on est bien !

— Tu as son nom ?

— Léo.

— Autre chose ? Je sais pas moi, le physique, l'âge ?

— Rien…

— Et pourquoi elle devait le retrouver tous les mercredis ?

— Pour l'aider à ramasser les déchets du square... », j'ai répondu et, en disant cela, j'ai réalisé que c'était l'information importante pour l'identifier.

Lemaître aurait dû faire inspecteur de police, je vous assure. Il pose les bonnes questions.

Alors j'ai précisé :

« Parce que ce gamin, avant de jouer au foot, il nettoie le square.

— Ben moi, je le comprends, le mioche. C'est comme nous, avant de nous installer pour la nuit, hein Gazigue ? On est obligés de nettoyer.

— Ouais, la nature, c'est plus ce que c'était, c'est moi qui te le dis...

— Surtout en ville !

— Bon, alors on cherche un gamin qui joue au foot et qui ramasse les déchets. Tu pourrais demander aux potes qui sont là et squattent les squares, y en a peut-être un qui a vu quelque chose...

— Très bonne idée, Lemaître, merci ! »

Et c'est comme ça que j'ai fait le tour de la cantine. Un jeune gars qui vit au bord du canal m'a dit qu'il avait vu un petit bonhomme qui correspondait à ma description. « Avec des chaussures super-fluo ? » il a demandé, mais j'en avais aucune idée. Le canal, c'est pas loin de chez Perrine, ça devait être là.

« Ouais, ben, il est chouette, ce môme. Bonne chance ! » il a dit en me voyant m'éloigner.

Je suis revenue à ma table et j'ai annoncé, soulagée, que j'avais sans doute trouvé :

« C'est le square des Soupirs, près du canal.

— Ah, bien.

— Dis donc, ton amie dans le coma, ce serait pas Perrine par hasard ? s'est exclamé Lemaître.

— Tu la connais ?

— Non, mais elle était dans le journal hier…

— C'est elle qui fait des missions de bonheur avec son chien ? a lancé Diego.

— Oui, c'est elle.

— Je l'avais vue une fois…

— Allez, raconte », a dit doucement Lemaître.

Alors, j'ai tout déballé. Depuis le premier café qui avait marqué le début de notre amitié, jusqu'à l'attentat à la bombe qui les a bien fait rire. J'essayais de pas être trop émue, mais c'était difficile. Avant que ça se voie trop, j'ai conclu :

« Bon, c'est pas tout ça, mais je dois le retrouver, ce gamin. J'y vais. »

J'ai fini mon café d'un coup, salué tout le monde et suis partie à la recherche du petit sauveur de dauphins.

Je suis arrivée à l'aire de jeux du bord du canal, sans doute trop tôt, il y avait encore personne. Comme il faisait beau, je me suis allongée sur un banc et j'ai fermé les yeux parce que le soleil m'éblouissait. Je sais pas combien de temps j'ai dormi. J'ai été réveillée par un mouvement près de ma tête. J'ai sursauté et me suis aussitôt assise. Quand on vit dans la rue, on développe des réflexes comme ça, parce que c'est pas toujours sécure, c'est moi qui vous le dis.

C'est comme ça que je me suis retrouvée nez à nez avec Léo. Je l'ai tout de suite reconnu à ses grosses baskets fluo et aussi parce qu'il venait de ramasser une bouteille sous mon banc.

« Pardon, madame, je voulais pas...

— Bah, t'inquiète. C'est toi, Léo ? »

Il était plutôt surpris que je l'appelle par son prénom.

Il a hoché la tête lentement, pas très sûr de vouloir confirmer cette information.

« Je viens de la part de Perrine. »

Comme il réagissait pas, je me suis dit qu'il connaissait peut-être pas le nom de mon amie et j'ai précisé :

« Elle a une petite chienne...

— Fanette ? »

Il avait presque crié.

« Oui, c'est ça.

— Fanette, je l'ai dressée, elle m'aide à ramasser le plastique. » Puis en baissant la voix : « Mais elle est pas venue...

— C'est pour ça que je suis là. Elle viendra pas... »

Il a haussé les épaules, comme s'il s'y attendait un peu, comme s'il était pas surpris qu'un adulte respecte pas sa parole. Alors j'ai vite ajouté, un peu trop fort :

« Mais c'est pas ce que tu crois. Elles seraient venues mais... elles ont eu un accident. Elles ont été renversées par une voiture... »

J'ai pas pu continuer. J'avais un gros nœud dans la gorge.

À nouveau, il a haussé les épaules. C'était un geste qui remplaçait bien des mots chez ce petit bonhomme. Il faisait celui qui s'en fichait mais, malgré lui, les larmes sont montées à ses yeux, de grosses larmes qui ont débordé les unes après les autres, bien rondes pour dévaler la pente de ses joues. Il fixait un point très loin sans bouger et les larmes coulaient.

Je savais pas quoi faire, mes larmes étaient pas loin non plus.

« Elles sont mortes alors ? qu'il a demandé d'une voix éteinte.

— Non, non, elles sont à l'hôpital et c'est pas grave, enfin on sait pas bien... »

Aïe aïe aïe, je suis vraiment pas douée avec les gosses.

« Écoute, si tu veux, je vais t'aider à nettoyer le square comme Perrine te l'avait promis.

— Vous pouvez pas, vous avez même pas de chien. »

Ce constat était définitif, il a tourné le dos pour s'éloigner. J'ai tenté de le retenir en disant :

« J'aimerais t'aider à sauver les dauphins.

— Nous aussi, on va t'aider ! »

Je me suis retournée : il y avait là Lemaître, Gazigue et Diego. Léo nous a dévisagés, il savait pas trop quoi penser de cette bande de clodos avec ce géant noir pour chef, mais ils lui ont pas laissé le temps de réagir.

Diego a sorti la guitare, Gazigue a dit :

« Bon, ben nous, on s'occupe de l'ambiance. »

Lemaître a posé son sac de livres sur le banc et a naturellement demandé à Léo :

« On commence par là ? » en désignant un reste de pique-nique par terre. Et, sans attendre de réponse, il a ramassé tout ce qu'il trouvait. Je l'ai imité et lorsque nous avons été un peu éloignés, je lui ai demandé à voix basse :

« Mais qu'est-ce que vous faites là ?

— Ben, quoi, y a pas que toi qui as le droit de sauver les dauphins ! Sois pas égoïste, ça te ressemble pas... », qu'il a ajouté avec un clin d'œil.

Au bout de dix minutes, le square était nickel. On s'est assis pour écouter la musique un moment, on était bien. Puis Léo s'est levé et a gentiment mais résolument dit :

« Bon, ben, merci. Je dois m'entraîner maintenant parce que plus tard, je serai champion.

— Sûr.

— Tu joues tout seul ?

— Le samedi, je joue au club.

— Et le mercredi ?

— Ben, ça dépend. Les autres, ils peuvent pas toujours, à cause des devoirs. »

J'allais lui poser une question stupide du style « et toi, t'as pas de devoirs ? », une question qui remontait tout droit de mon enfance, mais Lemaître m'a arrêtée à temps en posant la main sur mon bras.

Gazigue a dit :

« Ben moi, je veux bien jouer, si je peux. Je peux ? »

Et il a pris le ballon et commencé à faire des trucs pas possibles avec ses pieds. Léo le regardait, bouche ouverte :

« Trop cool, hey, vous jouez trop bien ! »

Diego, qui continuait doucement de gratter sa guitare, Lemaître et moi, on les a longtemps regardés, ils se débrouillaient plutôt bien et ils se donnaient à fond. Ils s'amusaient vraiment, c'était chouette à voir. Puis, ils nous ont rejoints sur le banc, tout essoufflés.

Lemaître a dit :

« Léo, je propose qu'en attendant que Fanette et sa maîtresse soient guéries, on se retrouve le mercredi, ici au square, avec toi. Vous en pensez quoi, vous autres ?

— Moi, je veux bien être ton entraîneur de foot. Si tu es d'accord, bien sûr, a dit Gazigue en regardant le futur champion du monde.

— Trop cool !

— Moi, je peux rien vous promettre, les gars, je dois demander à mon agent s'il est d'accord de pas me donner de concert les mercredis… »

Comme Léo semblait inquiet, Diego a vite ajouté en riant :

« Mais, ça devrait le faire, je lui dirai que je chante pour le club des sauveurs de dauphins, il aura pas le choix !

— Et toi, Sylvie ?

— Évidemment, je vous suis ! »

Léo était tout sourire, il a demandé prudemment :

« C'est vrai, qu'on fait un club de sauveurs de dauphins, tous les cinq ?

— Et comment ! a dit Gazigue.

— Un peu, mon neveu ! a confirmé Diego.

— Tu as ma parole, a dit Lemaître.

— Trop cool, a dit Léo qui avait du mal à y croire.

— Tope là, j'ai dit.

Et on a tous topé là pour sceller notre accord.

On était sur le point de se quitter quand Lemaître a dit :

« Attendez une seconde... »

Il a commencé à fouiller dans sa bibliothèque portative. Il a bien sorti vingt bouquins de son sac qu'il posait au fur et à mesure sur le banc, et enfin il a trouvé. Un livre bien enveloppé dans du papier d'emballage, qui lui était sans doute très précieux. Il l'a pris avec précaution, l'a donné à Léo en disant :

« C'est une histoire d'amitié entre un enfant et un renard. M'est avis que ça va te plaire... »

Léo a dit en baissant les yeux :

« C'est que... je lis pas beaucoup.

— C'est vrai, ça ?

— Mmm... », a répondu l'enfant en fixant la pointe de ses baskets.

Et, à la grande surprise de tout le monde, le bon géant a éclaté de rire :

« Mais c'est formidable ! Parce qu'il y a tellement de livres ennuyeux qui auraient pu te dégoûter de la lecture. Moi, je vais te faire découvrir des livres sensationnels parce que tu sais, les livres, c'est comme les huîtres. Il faut en ouvrir beaucoup pour trouver des perles. Et moi, j'en ai ouvert des milliers.

— Des milliers ? a demandé Léo, visiblement impressionné.

— Oui, monsieur, et même des centaines de milliers, et les perles, elles sont toutes là, dans ce sac. Et si tu veux, on les lira ensemble. T'es d'accord ? »

Son enthousiasme aurait fait fondre une banquise. Léo a hoché la tête :

« D'accord.

— Bon, allez-vous-en, vous autres. Je vais lui lire le premier chapitre…

— Mais pourquoi ? On veut bien écouter nous aussi… »

Alors, on est tous restés pour un moment de lecture. Léo assis à côté du géant, ses yeux suivaient l'énorme doigt qui courait sur la page. Il était question d'un enfant qui cherchait un ami et d'un renard qui voulait être apprivoisé. En l'écoutant, je pouvais pas m'empêcher de penser à une petite chienne qui avait pour copain un sauveur de dauphins futur champion de foot…

Au bout d'un moment, Lemaître a refermé le livre d'un coup sec et il a dit :

« Pour aujourd'hui, c'est assez. On continuera mercredi prochain.

— Oh, non, encore..., a demandé Léo d'une voix plaintive.

— Non, non, moi je m'arrête là, j'ai des trucs à faire, qu'est-ce tu crois ? Mais... si tu veux, enfin... si tu y tiens vraiment, je peux te prêter mon livre. »

Léo a hoché vigoureusement la tête. Il a vite retrouvé la bonne page, posé son petit index sous la bonne ligne et lentement repris la lecture, en murmurant le texte pour lui-même. Il a instantanément quitté le square, plongé dans l'histoire. J'ai comme l'impression que Lemaître l'a contaminé avec son virus des livres.

Nous, nous sommes repartis sur la pointe des pieds, en pensant à la phrase du renard : « Tu es responsable de ce que tu as apprivoisé. » Chacun de nous en était bien conscient et on s'est silencieusement promis d'être là tous les mercredis.

21

Le secret de Lemaître

Le lendemain, je faisais la manche devant la cathédrale quand j'ai vu Lemaître en sortir. Il avait l'air ailleurs, rêveur. Je l'ai interpellé.

« Hey, Lemaître !

— Oh, salut Sylvie. T'es bien au soleil, là ? Tu bronzes ? » qu'il a dit avec un petit sourire.

Mais je sentais bien que le cœur y était pas, j'ai le flair pour ça.

« Ah ah, exactement, t'as tout compris ! C'est super ici pour la bronzette, bien mieux que la Croisette ! Mais j'ai oublié mon écran total, faut que je me mette à l'ombre. »

Je plaisantais pour compenser.

Je me suis levée, j'ai rassemblé mes affaires. J'avais gagné quelques pièces.

« Hey, ça te dirait d'aller boire un café avec moi ? »

Il a haussé les épaules.

« Le Café du Sourire. Tu connais ? » j'ai demandé.

Il a fait non de la tête, une tête lourde et fatiguée, encombrée de toutes sortes de mauvaises idées. Le spleen du clodo, moi, ça me connaît. C'est facile à identifier et c'est plutôt répandu dans la profession.

On s'est mis doucement en chemin. Il avait une démarche chaloupée de grand géant tranquille, il tanguait quand il marchait, tout occupé qu'il était à penser. Je me suis calée sur son rythme, j'ai embarqué sur son navire. En silence. Ça tombe bien, le silence moi, ça me dérange pas. De nos jours, il se fait rare, les gens l'évitent. Moi, je l'aime bien, je l'utilise pour laisser pousser les choses. Les confidences, par exemple. En ajoutant du temps au silence, on fait des miracles.

Alors, on a pris le temps. Le temps d'arriver au café et de s'y installer, le temps d'attendre Claire, la serveuse, et de commander nos boissons – pour lui, une pression, pour moi, un café –, le temps que Claire nous les apporte. On l'a remerciée du regard, on parlait toujours pas. J'ai mis un sucre dans ma tasse, j'ai tourné avec la cuillère, j'ai attendu. Comme rien venait, comme je voyais que Lemaître restait plongé tout au fond de sa tête, j'ai lancé une première ligne :

« Tu vas souvent à la cathédrale ?

— Non, normalement je vais à l'église Saint-Nicolas.

— T'as raison, elle est plus claire, moi aussi je préfère.

— C'est pas ça. Saint Nicolas, c'est le patron des enfants. »

J'ai rien dit. Je l'ai juste interrogé du regard.

« Lui et moi, on a merdé. Depuis, on est solidaires. »

J'ai attendu. Au bout d'un moment, j'ai osé une deuxième phrase :

« Tu veux raconter ?

— J'avais un petit frère… Il est mort… écrasé.

— Mince, j'savais pas. Je suis désolée, vieux.

— C'est de ma faute. On jouait au foot… J'ai shooté dans le ballon, il a traversé la rue, Noël suivait, il a pas vu la voiture. Ma grand-mère me disait : "Gabriel, si tu es si grand, c'est que Dieu te veut tout près de lui." Elle était très croyante, ma grand-mère. Elle voulait que je devienne prêtre… J'étais plutôt fier d'être le héros de son rêve. Je m'y voyais déjà… Et puis, *tac*. Accident. J'ai pas supporté la peine de ma mère… le regard de mon père… J'étais l'aîné, c'était à moi de faire attention aux petits et au lieu de ça… Noël, c'était un petit gars, t'aurais dû voir. Malin comme tout. Il voulait étudier. Il voulait devenir docteur, pour soigner la misère, comme il disait. Quel gâchis, j'te jure, quel gâchis. Une seconde, et toute la vie se casse la gueule. Sa mort m'a damné, je suis parti… »

Il a fermé les yeux et bu une longue gorgée de bière. Il a reposé son verre et a repris d'une voix éraillée :

« Hier tu vois, quand on était avec Léon, tout m'est revenu d'un coup…

— Léo, il s'appelle Léo.

— Mais non, Léon…

— C'est drôle parce que Léon et Noël… C'est le même prénom à l'envers. »

Je disais ça plus pour moi que pour lui. Il a continué :

« *Le Petit Prince*, c'était le livre préféré de Noël. C'est avec ce texte que je lui ai donné le goût de lire. Lui, il était plutôt matheux… Alors en lisant au gamin hier… »

Il s'est arrêté là. Parfois faut laisser faire les choses. Puis, on aurait dit qu'il avait retrouvé la terre ferme, il a dit d'un ton sûr :

« Avec ce petit, je vais me rattraper…

— T'as rien à rattraper, Lemaître.

— Si, je vais me rattraper. »

J'ai pensé qu'il était temps de changer de sujet, d'aller vers du plus léger.

« Tu viens d'où, en Afrique ?

— Cergy-Pontoise.

— Oh !

— Désolé, c'est moins romanesque que Ouagadougou ou Ouarzazate. J'ai grandi dans une cité, dans un trois-pièces, le salon, la chambre des parents, la chambre des enfants. On la partageait à quatre. Le bruit était partout… Quand j'ai quitté la maison, que je suis descendu dans la rue, c'est le silence qui m'a surpris le plus. Il y avait toujours du bruit autour de moi, mais ça me concernait plus, c'était un fond sonore. J'étais seul, j'avais plus personne à qui parler… Au début, ça fait peur et puis on finit par s'habituer et même par aimer. Tu vois ce que je veux dire ?

— J'vois très bien. Pour moi, le silence, c'est devenu un compagnon. »

Lemaître a approuvé en hochant la tête.

« Oui, au début on croit que c'est vide – et c'est ça qui fait peur –, mais la vérité, c'est que le silence est plein… plein d'espace et de temps pour penser, et puis surtout pour être. Être à son rythme. Personne te pousse, personne t'interrompt. Tu avances dans cet espace et dans ce temps, tu explores et, tout à coup, tu te retrouves face à toi-même. C'est une sacrée rencontre, c'est moi qui te le dis, une belle rencontre, a-t-il dit en riant pour la première fois. Tu t'apprivoises, tu entends ta voix intérieure et puis… tu peux sentir Dieu, et là, ma sœur, c'est top ! a-t-il ajouté en me regardant malicieusement.

— Et qu'est-ce qu'il te dit, Dieu ?

— Je le sens, là, a dit Lemaître en montrant le centre de sa poitrine, et là, en tapant quelques centimètres sous son nombril. Quand il est avec moi, je sens une joie immense qui m'envahit et me nourrit. Et avec cette joie, je suis bien, je suis fort, je suis au-delà de tout. Comme un vieux roi, je contemple le monde avec sérénité et bienveillance. Tu vois ce que je veux dire ?

— Non, là je te suis plus. Faut dire que Dieu et moi, on est comme qui dirait fâchés.

— C'est dommage… Si tu y goûtais, tu pourrais plus t'en passer. C'est la plus belle des drogues. Imagine : moi, le grand Noir balafré, le clodo des rues, transformé en roi du monde, sur son trône en carton. C'est pas magnifique, ça ? Crois-moi, Dieu est un type formidable ! »

Je répondais pas, je l'observais et je le trouvais très beau. Il irradiait une joie qui éclairait son regard, tellement que ça donnait envie de goûter à son Dieu. Et surtout, il avait oublié sa peine. Comme s'il avait lu dans mes pensées, il a repris :

« Sans ça, je crois qu'après la mort de Noël, j'aurais fait des bêtises. Je m'en voudrai toujours et il y a des moments comme aujourd'hui où je sens que je retombe… »

Sa phrase était restée en suspens. J'avais pas envie qu'il replonge, alors j'ai dit, vite :

« Tu sais, t'as raison, je veux dire avec Léo. Tu peux prendre ta revanche… et même, je crois que ce sera un joli coup. T'as vu comme il a déjà accroché avec ton bouquin. Hé, vrai, vieux, tu lui as passé ton virus des livres !

— Tu crois ?

— Non, je crois pas, j'en suis sûre !

— Ah ben, c'est bien alors… », il a conclu en souriant doucement.

Le soir, en y repensant, je me suis dit que, vraiment, chacun avait ses galères. Ce serait bien si on pouvait avoir une deuxième chance, que la vie nous tende la main parfois…

22

Martin passe à l'action

Quelques jours plus tard, Martin m'a téléphoné. Il avait trouvé une liste écrite par Perrine avant son accident, dans laquelle elle avait recensé toutes les M.B.B. qu'elle voulait faire.

« Sylvie, je pense que ce serait bien d'accomplir ses missions. Je vais m'y mettre.

— Il s'agit de quoi exactement ?

— Donner un groseillier aux oiseaux de Ronchon…

— Oh ça, c'est faisable. Mais s'il te plaît, évite les cartons !

— Oui, oui, bien sûr ! »

J'ai deviné qu'il souriait au bout du fil. Cette décision d'agir dans le sens de sa femme semblait déjà lui faire du bien.

Il a poursuivi :

« Oh, et puis, Sylvie, Perrine avait prévu une M.B.B. qui te concerne et je sais que ça lui tenait très à cœur de la réaliser… »

Il s'est interrompu quelques secondes et a ajouté :

« À moi aussi, d'ailleurs ! »

Alors là, double surprise !

« Ah ! Et qu'est-ce que c'est ?

— Perrine m'a raconté que tu avais trouvé un appart mais que, faute de caution, tu n'avais pas pu le louer…

— Ouais, m'en parle pas, c'est comme ça, qu'est-ce tu veux…

— Eh bien, nous avons réfléchi et nous avons décidé de te prêter l'argent nécessaire.

— Non, mais t'es fou, il en est pas question…

— Sylvie, ça lui ferait tellement plaisir. S'il te plaît, accepte ! »

Là, j'ai eu besoin de respirer un grand coup :

« Bon, d'accord mais… c'est qu'un prêt, je tiens à vous rembourser !

— Bien sûr, à ton rythme. On verra ça ensemble. En tout cas, ce serait chouette que tu te mettes à la recherche d'un appart pour qu'on puisse bientôt lui annoncer la bonne nouvelle. Qu'en dis-tu ? »

Moi, j'en disais pas grand-chose. J'avais les larmes aux yeux et la gorge nouée d'émotion.

Heureusement qu'au téléphone, ça se voyait pas trop. Normalement, c'est clair que j'aurais jamais accepté ; mais là, si ça pouvait aider Perrine... C'était une super M.B.B., ils étaient vraiment trop gentils, ces deux-là. Il fallait absolument que Perrine se réveille, nom de Dieu !

« Sylvie ? Sylvie ? Tu es encore là ? a demandé Martin d'une voix anxieuse.

— Oui, oui.

— Alors, c'est toujours d'accord ?

— Oui, mais c'est bien pour faire plaisir à Perrine parce que sinon jamais...

— Je sais, Sylvie, et je te remercie beaucoup ! Bon, je dois y aller, à bientôt !

— *Ciao, hombre* !»

J'avais essayé d'être cool jusqu'à la fin, mais j'étais vraiment touchée au cœur. Me sortir de la rue, j'y croyais même plus !

Je pourrais refaire des plans, dormir sans avoir peur qu'un sale type me trouve, me doucher, faire la cuisine : eh, je suis la reine de la ratatouille, quand même !!!

J'avais à peine raccroché que mon téléphone sonnait à nouveau. C'était Edgar, le journaliste.

« Salut, Sylvie.

— Bonjour, toi !

— Dis, on reçoit des tas de lettres de lecteurs depuis l'article sur ta copine. Elles lui sont adressées personnellement alors on ne les a pas ouvertes. Tu pourrais venir les chercher au journal ?

— Ah, des lettres ? Bon, ben, je passerai dans la matinée.

— Euh… Il y en a déjà cinq cartons, donc viens plutôt en voiture.

— Oh ! Eh bien, je vais m'organiser. Merci, Edgar. À tout à l'heure !

— À plus ! »

J'ai donc rappelé Martin et on a fixé un endroit et une heure pour se retrouver et passer chercher le courrier de Perrine. Lui non plus en revenait pas : cinq cartons de lettres pour Perrine ? Que pouvaient-ils bien dire, tous ces gens ?

23

Le Q.G. des M.B.B.

Le soir même, nous étions dans le salon, chez Martin, pour ouvrir toutes les lettres. Quelques-unes revenaient sur des missions de Perrine, par exemple celle d'une femme en fauteuil roulant qui remerciait pour un coup de main sous la pluie. Elle écrivait : « Fanette, qui tirait mon fauteuil à toute vitesse, a su me communiquer son plaisir. Je suis allée faire du traîneau avec des huskies sur la neige dans le Jura et ça a changé ma vie ! Sans votre petite chienne, je n'en aurais jamais eu l'idée… Réveillez-vous vite pour que je puisse tout vous raconter ! »

Une petite carte d'une dame, professeure de piano, habitant place Monplaisir, disait : « Perrine, votre joli compliment sur mon balcon fleuri a été une si belle surprise et m'a fait tellement de bien que désormais je fais des compliments autant que possible autour de moi, surtout à mes élèves. Eh bien, très objectivement, ils jouent beaucoup mieux qu'avant ! »

Il y avait des messages très courts, quelques lignes : « Merci pour ce que vous faites : c'est formidable ! Remettez-vous vite, on a trop besoin de gens comme vous ! »

Il y avait de longues lettres dans lesquelles les gens se confiaient sur leur solitude, leur perte de repères, leur besoin d'espoir et de changement.

Et puis, il y avait toutes les personnes qui voulaient participer au projet pour un monde plus doux.

Certains avaient commencé en étant plus attentifs aux gens autour d'eux. D'autres s'étaient lancés dans des missions plus originales, comme un écrivain qui semait ses poèmes préférés dans le tram ou une fleuriste qui, le soir, offrait les fleurs qui auraient sinon fané seules dans sa boutique la nuit. Ou un boucher qui trichait un peu sur le poids de la viande quand il sentait que le client était pas très riche, et un boulanger qui donnait ses petits pains invendus aux clochards de sa rue. Les gens avaient plein d'idées de missions de bonheur, c'était formidable et, surtout, tous concluaient que créer du positif rendait heureux. C'était trop beau, ça donnait presque le tournis.

Martin a eu une idée :

« Sylvie, nous devons absolument partager tous ces messages, ces M.B.B., avec Perrine.

— Oui, on pourrait lui lire certaines lettres.

— Tu crois que ça lui ferait plaisir si les gens venaient la voir personnellement ?

— Ça ferait beaucoup de monde, tu sais. On a plusieurs centaines de lettres quand même…

— Oui, peut-être… Mais quelques personnes qui viendraient parler de leurs missions…

— Oh, et si on formait une équipe d'agents de M.B.B. ? On pourrait transformer sa chambre d'hôpital en quartier général des M.B.B., apporter de la vie autour d'elle. Et comme ça, on poursuivrait son travail… Tu en penses quoi ?

— Je pense que le directeur va nous adorer ! » a répondu Martin en riant.

Mais comment recruter ces « missionnaires » et comment répondre à toutes les personnes qui avaient écrit ? J'ai repensé au bon Edgar.

Le lendemain, dans le journal, dans la rubrique des petites annonces, on pouvait lire ceci :

> Message du bureau des M.B.B. de Perrine et Fanette : nous remercions chaleureusement toutes celles et tous ceux qui nous ont écrit. Ces témoignages nous ont beaucoup touchés. Nous avons décidé, en attendant le réveil de Perrine,

de poursuivre sa mission et d'égayer le monde. Nous recrutons de zélés agents. Si vous êtes intéressé(e), rejoignez-nous ! Tél. : 06 55 77 88.

Nous avions un peu peur de recevoir des centaines d'appels mais heureusement, cela a pas été le cas. Douze personnes ont téléphoné et nous leur avons donné rendez-vous dans la chambre de Perrine, qui serait désormais notre Q.G.

Nous avions un joli groupe : deux étudiants, une lycéenne, trois retraités, quatre chômeurs, deux femmes au foyer et puis naturellement, Martin et moi.

Nous nous sommes tout de suite mis au travail, rassemblant des idées, distribuant les missions. Martin a donné à chacun un paquet de cartes de visite en proposant aux nouveaux agents de M.B.B. d'ajouter leur prénom lorsqu'ils la laissaient sur le lieu de leur action.

Nous nous réunissions ainsi chaque samedi pour faire le bilan de notre semaine. Nous nous installions autour du lit de Perrine et échangions nos expériences et nos idées pour de nouvelles actions. Nous étions une joyeuse bande et notre brouhaha recouvrait souvent le *bip-bip* des machines qui maintenaient notre cheffe en vie. J'étais persuadée que mon amie profitait de toute cette belle énergie. Mais son état restait stable, sans aucune amélioration notable.

Fin juillet, la vétérinaire a contacté Martin pour lui annoncer la fermeture de l'élevage de fox-terriers. Les autorités sanitaires avaient découvert que les chiens vivaient dans des conditions inadmissibles et ils avaient immédiatement été placés dans un centre de la S.P.A. Il y en avait sept. C'était une bonne nouvelle et six agents de M.B.B. ont proposé d'adopter un collègue de Fanette. Moi, ça me faisait envie, c'est sûr, mais je voulais pas prendre de bête tant que je vivais dans la rue.

Quand nous avons eu les chiens, nous avons voulu les présenter à Perrine. Je peux vous dire que ça a été rocambolesque de faire entrer tous les toutous dans l'hôpital et d'aller jusqu'à la chambre : on les a cachés dans des sacs et des paniers et on est passés entre les rondes des infirmières avec l'un de nous pour faire le guet dans le couloir ! Ce jour-là, l'ambiance dans la chambre était plutôt joyeuse. Trop d'ailleurs, parce que l'infirmière en chef nous a repérés et il a fallu sortir tout ce petit monde.

Quelque temps après, on voyait des petites Fanette dans toute la ville avec au bout des laisses des agents spéciaux en mission de bonheur.

C'était vraiment sympa. Edgar a écrit un nouvel article avec une photo de toute la troupe, les douze agents, les six toutous, Martin et moi. Les gens nous reconnaissaient dans la rue et demandaient des nouvelles de Perrine et Fanette. Notre travail les faisait beaucoup réfléchir. On parlait, on réfléchissait au sens de la vie, à ce qui compte dans notre société dite moderne, aux valeurs que nous étions en train de perdre… Cela conduisait souvent à des échanges très intenses.

Julien, un étudiant qui nous avait rejoints dans l'équipe des M.B.B., a proposé de faire des câlins dans la rue. Il s'est inspiré d'une initiative née en Australie. Il se plantait dans la zone piétonne avec un panneau sur lequel il avait écrit « Câlins gratuits », et puis il ouvrait les bras en s'avançant vers les passants avec un grand sourire. Martin et moi sommes plusieurs fois allés le soutenir. C'était vraiment incroyable : les gens qui se faisaient câliner avaient tous l'air ému, les autres regardaient, surpris et amusés. Certains revenaient sur leurs pas pour nous prendre dans leurs bras. D'autres posaient leurs courses dans un coin et participaient un moment, allaient comme nous vers des inconnus pour les embrasser. Ensuite, on se retrouvait au Café du Sourire pour prendre un verre et discuter. C'était vraiment chouette. J'ai bien évidemment prévenu mon journaliste préféré qui a publié un long article avec plein de photos et de témoignages touchants. Après ça, les gens venaient exprès se faire câliner devant le Monoprix. Jamais j'aurais pu imaginer une chose pareille. J'étais sûre que Perrine allait adorer le concept.

Malheureusement, malgré tous nos efforts, son état restait stationnaire et rien indiquait qu'elle se réveillerait un jour. Mais rien indiquait le contraire non plus et c'est ce qui nous faisait tenir. Et puis, nos missions de bonheur nous donnaient une magnifique énergie et le courage de continuer à y croire !

C'est seulement lorsque Martin a raconté comment s'était passée la rencontre de Sidonie et Marlène, autour de la layette du bébé à venir, que Perrine a semblé frémir. Les *bip-bip* ont accéléré, et avec eux, le rythme cardiaque de tous ceux qui étaient présents ! Il a expliqué comment les deux femmes s'étaient tout de suite bien entendues, Marlène un peu perdue, ravie d'être guidée et conseillée par une Sidonie enchantée que son expérience de maman soit appréciée. Après avoir parlé de tout le matériel et des habits pour le bébé, Sidonie avait montré à Marlène des vêtements de femme enceinte. Mais celle-ci avait tout de suite dit :

« Non merci, je n'ai pas d'argent pour ça, je veux seulement des choses pour le bébé. »

Et Sidonie avait immédiatement réagi :

« Ah, mais ces fringues, je les vends pas. Je les porterai plus et je pense qu'elles devraient t'aller. »

Marlène avait accepté ce cadeau le plus naturellement du monde. Martin a dit à quel point il admirait la générosité et le sens de l'à-propos de Sidonie.

En se tournant vers le lit de sa femme, il a conclu :

« Tu peux être tranquille, ma chérie : Marlène a tout ce qu'il lui faut. Elle est équipée pour au moins quatre bébés ! »

Perrine s'est pas réveillée, mais l'accélération de son rythme cardiaque nous a montré qu'elle percevait ce que nous faisions. À partir de ce moment, nous avons su qu'elle nous reviendrait.

24

La M.B.B. Sylvie

Et puis, le samedi 31 août, j'ai annoncé à Perrine une surprise.

Nous étions tous là, tous les missionnaires de l'équipe, placés autour du lit de notre cheffe, pour faire le bilan de la semaine. Chacun, à tour de rôle, a présenté ses missions et les bonheurs, petits et grands, qu'il avait créés autour de lui. Nous échangions des idées, des conseils, des encouragements. Julien a raconté ses câlins dans la rue. Cette semaine-là, il avait pris un homme dans ses bras qui avait fondu en larmes en disant que cela faisait des années qu'il avait pas été embrassé. Ce témoignage nous montrait à nouveau à quel point notre travail était important.

Moi, j'étais à la fin du cercle. Quand mon tour est venu, j'étais particulièrement émue :

« Perrine, ma grande, je dois t'annoncer que la M.B.B. que tu avais prévue pour moi, pour me sortir de la rue, ben... ça a réussi. Perrine... »

Ma voix tremblait un peu, mais j'ai continué :

« Grâce à Martin et grâce à toi, j'ai trouvé un petit studio derrière la cathédrale. C'est à deux pas du boulot, tu vois, c'est pratique... »

Tout le monde souriait de plaisir, on me tapait dans le dos, on me félicitait. Déjà, les collègues me proposaient de me donner l'un une table, l'autre un canapé clic-clac, un troisième avait plein de vaisselle de sa grand-mère en porcelaine avec des fleurs. On riait tellement qu'on t'avait presque oubliée, ma Perrine.

Mais Fanette, pas. Toujours attentive à toi, elle a jappé pour nous avertir. Nous nous sommes retournés et nous avons vu que tu avais ouvert les yeux. La chienne en a bondi de joie. Elle a commencé à danser le zouk. C'était la première fois qu'elle bougeait le bassin depuis toutes ces semaines. Elle aussi semblait guérie.

Vrai, ç'a été le plus beau jour de ma vie !

25

Les M.B.B. hôpital

MAINTENANT que je suis revenue à moi, Sylvie a tenu à me rendre la plume. Elle a un complexe vis-à-vis de l'écriture que je ne comprends pas. Je trouve qu'elle a très bien continué la chronique des M.B.B. pendant mon sommeil. Et pas seulement ça ! Martin et elle ont vraiment été extraordinaires pendant mon absence. Ils ont continué les missions et ils les ont développées avec tout un groupe comme jamais je n'aurais pu le faire. Ils m'ont montré les articles de journaux, avec les photos de Fanette et de moi et puis de toute l'équipe avec les fox, et les centaines de lettres des habitants de notre ville. Je n'arrive pas encore à y croire.

Au début, je dois dire que je n'étais pas sûre d'apprécier qu'ils aient donné mon super-job de James Bond à des inconnus sans me demander mon avis. Mais quand j'ai fait leur connaissance et qu'ils ont commencé à me raconter tout ce qu'ils avaient réalisé pendant mon long sommeil, j'ai trouvé leur idée magnifique. J'étais tellement admirative et émue que la tête me tournait ! Ils sont même allés beaucoup plus loin que je ne l'aurais fait toute seule. En effet, Julien m'a parlé de ses câlins gratuits dans la rue. J'admire ces « missions de contact rapproché » ; on leur a déjà trouvé un nom de code, les M.C.R. Il m'a promis de m'emmener en faire avec lui. J'ai hâte d'y être !

Et puis, Léo est venu me voir avec les amis de Sylvie. Il était super content de retrouver la chienne, « trop cool », comme il dit. J'ai fait la connaissance de monsieur Lemaître, Gazigue et Diego. Ils m'ont parlé de leur club des sauveurs de dauphins, de l'entraînement de foot intensif du futur champion et des séances de lecture publique. Il paraît qu'il y a de plus en plus d'enfants sauveurs de dauphins qui jouent avec Léo et Gazigue et écoutent les lectures de monsieur Lemaître. J'ai promis d'aller les voir dès que possible et que Fanette reprendrait bientôt sa petite mission pour la planète.

Cela va durer encore un peu, jusqu'à ce que nous puissions rentrer à la maison, Fanette et moi. Mais le temps n'a pas d'importance, car ici aussi, ici surtout, à l'hôpital, on trouve plein de M.B.B. à faire.

Comme nous nous promenons plusieurs fois par jour toutes les deux, nous rencontrons beaucoup de monde dans les couloirs et dans le parc. Et les patients comme les membres du personnel soignant, tout le monde adore prendre quelques minutes pour caresser la chienne, se poser, parler, se confier un peu. C'est fou comme le charme et la gentillesse de Fanette leur font du bien. C'est comme si elle trouvait le chemin du cœur de chacun, comme si elle s'adressait à l'enfant qui est en nous, en nous reconnectant avec des émotions simples et vraies. Comment expliquer cela ? J'en parlais avec Martin qui m'a apporté un article sur l'ocytocine, l'hormone de l'attachement. Il a été scientifiquement prouvé que les animaux de compagnie favorisent la production de cette hormone, aussi appelée hormone du bonheur. Une étude a montré qu'un long échange de regards avec un chien sympathique provoquait une nette hausse d'ocytocine dans le sang – je traduis : regarder un chien dans les yeux augmente le sentiment de bien-être et de joie. Cela ne m'a pas étonnée une seconde, évidemment. Je dois donner cet article à lire au directeur de l'hôpital parce que nous devrons bientôt rentrer à la maison et ce serait bien qu'un toutou reprenne le job de Fanette.

Je crois d'ailleurs que le directeur commence à s'en apercevoir. Je l'ai vu hier qui nous observait depuis son bureau, derrière son rideau, quand nous étions dans le parc. Tous les agents de M.B.B. et leurs fox étaient venus faire un grand pique-nique dans le parc de l'hôpital et beaucoup de patients nous ont rejoints. Les voir rire et partager ce moment avec les chiens et accessoirement avec nous, leurs humains, faisait vraiment plaisir. Pour un moment, ils oubliaient tous leurs problèmes, ils étaient comme en vacances de leur maladie.

26

Le retour à la maison

Enfin, un matin, le médecin qui me suivait a annoncé que je pouvais rentrer chez moi, que je ne garderais aucune séquelle de mon accident.

« Il ne vous restera plus qu'un mauvais souvenir de toute cette histoire, m'a-t-il dit gentiment.

— Oh non, bien au contraire. Il s'est passé tellement de choses pendant ces quelques mois… En fait, cet accident a transformé ma vie. C'était ce qui pouvait m'arriver de mieux !

— Eh bien, je crois que c'est la première fois qu'on me dit ça ! »

J'étais très heureuse à l'idée de retrouver ma petite maison, mon jardin et bien sûr la vie avec Martin, mais, en même temps, j'avais le cœur un peu serré de quitter l'hôpital et les amis que nous nous y étions faits.

Avant de partir, j'ai tenu à remercier le directeur d'avoir permis que ma chienne soit avec moi pendant toute ma convalescence. Il nous a reçues dans son grand bureau et j'étais un peu impressionnée. Fanette pas du tout, évidemment. Elle était très à l'aise. Il nous a fait entrer et nous a proposé de prendre un siège, et quand je dis « nous », Fanette l'a compris comme cela aussi, elle a naturellement sauté sur un fauteuil et s'est assise toute droite face au bureau derrière lequel le directeur s'est assis à son tour. Il a regardé Fanette et est resté un bon moment les yeux plongés dans les siens. Cela a duré plusieurs longues secondes. Je ne savais pas trop quoi faire. Je me suis dit que je devrais peut-être prendre la parole pour expliquer pourquoi j'avais demandé un rendez-vous.

« Monsieur le directeur, je tiens à vous remercier… »

Il m'a interrompue de la main.

« Madame, c'est à moi de vous remercier. Fanette et vous m'avez ouvert les yeux sur quelque chose d'essentiel que nous ne devrions jamais oublier, surtout dans un lieu comme l'hôpital. C'est l'humanité. Je vous ai observées, vous et votre chienne, et j'ai vu des patients reprendre goût à la vie, sourire, se forcer à aller au parc pour jouer à la balle avec Fanette, pour la caresser et... Je ne sais pas ce qui se passe ni comment l'expliquer, mais le fait est qu'elle ranime une flamme, la flamme de la vie finalement, dans le cœur des gens. Ce que nous n'arrivons pas toujours à faire, malgré tous nos médicaments, tous nos équipements... »

À ce moment-là, nous avons tourné nos regards vers Fanette qui, la tête penchée de côté, donnait l'impression de suivre très attentivement les propos du directeur. Nous nous sommes souri, émus. Cette petite bête semble vraiment parfois tout comprendre.

« Monsieur le directeur, ai-je repris, justement je voulais vous donner un article scientifique qui explique ce que nous constatons ici avec Fanette, cela parle de l'ocytocine, l'hormone du bonheur.

— Merci, je vais le lire attentivement.

— Cela nous chagrine un peu de devoir partir parce que nous nous sommes attachées à beaucoup de gens ici et beaucoup sont tristes aussi de perdre la chienne...

— J'en suis bien conscient. J'ai eu une réunion à ce sujet avec l'équipe soignante. Nous voudrions vous demander si vous accepteriez de revenir nous voir, de rendre visite à nos malades avec Fanette...

— Oh oui, ce serait formidable !

— J'étais sûr que vous accepteriez, a-t-il dit avec un beau sourire. Je dois vous dire que nous étudions sérieusement le projet de permettre aux patients qui ont des animaux de les amener avec eux pendant leur séjour chez nous. Nous constatons depuis longtemps déjà que lorsque les patients sont obligés de laisser leurs compagnons derrière eux, parfois même de les placer dans des refuges, cela les déprime. Certains refusent même d'être hospitalisés pour ne pas abandonner leur chien ou leur chat... Et puis, les gens malheureux ne guérissent tout simplement pas aussi rapidement que les gens heureux. Bref, nous étudions la possibilité d'aménager un refuge près de l'hôpital pour que les gens puissent avoir leurs animaux près d'eux et leur rendre visite pendant leur séjour ici. »

Fanette a accueilli la nouvelle avec un aboiement bref et clair qui ne permettait aucune ambiguïté : elle était tout à fait d'accord avec cette décision et cela nous a fait rire de plaisir.

Après cette bonne nouvelle, nous sommes rentrées chez nous le cœur plus léger. Martin était venu nous chercher en voiture et lui aussi était ravi d'apprendre les décisions du directeur. Pendant tout le trajet, nous avons parlé des patients et des soignants que nous laissions derrière nous et du projet de revenir les voir souvent. Quand nous sommes arrivés devant la maison, Martin m'a envoyée devant en disant qu'il me suivrait avec la valise. J'ai ouvert la porte, et quelle surprise !

Toute l'équipe des M.B.B. et tous les fox étaient là pour nous accueillir, Fanette et moi. Il y avait bien sûr aussi Léo, monsieur Lemaître, Gazigue et Diego de la cellule « Missions pour la planète ». Ils avaient organisé une petite fête en l'honneur de notre retour. J'en avais les larmes aux yeux ! Ils m'ont fait entrer chez moi et, très vite, je me suis retrouvée une coupe de crémant dans une main, un petit toast dans l'autre, avec les sept fox qui faisaient les fous et couraient partout entre le salon, la cuisine et le jardin. Je ne crois pas qu'il y ait jamais eu autant de vie dans notre maison. Gazigue et Diego ont chanté à la guitare ma chanson préférée, *Le Petit Bonheur* de Félix Leclerc :

C'est un petit bonheur
Que j'avais ramassé
Il était tout en pleurs
Sur le bord d'un fossé
Quand il m'a vu passer
Il s'est mis à crier :
« Monsieur, ramassez-moi

Chez vous emmenez-moi. »
[...]
J'ai pris le p'tit bonheur
L'ai mis sous mes haillons
J'ai dit : « Faut pas qu'il meure,
Viens-t'en dans ma maison. »
Alors le p'tit bonheur
A fait sa guérison
Sur le bord de mon cœur
Y avait une chanson.

Mes jours, mes nuits, mes peines,
mes deuils, mon mal, tout fut oublié ;
Ma vie de désœuvré,
j'avais l'dégoût d'la recommencer...
[...]
Mon bonheur a fleuri,
Il a fait des bourgeons.
C'était le paradis,
Ça s'voyait sur mon front. [...]

Fanette a jappé, ce qui a fait rire tout le monde. Elle avait compris que c'était elle, mon petit bonheur.

J'avoue que j'avais un peu de mal à réaliser ce qui était en train de se passer. Quand j'entendais mes nouveaux collègues, agents de bonheur, raconter toutes les missions qu'ils faisaient autour d'eux, j'avais l'impression que nous allions faire de très belles choses ensemble pour égayer ce monde !

Épilogue

Voilà, je vous ai raconté l'histoire des M.B.B. depuis le commencement. J'espère qu'elle vous a plu.

On dit que toutes les histoires ont une fin mais je pense que celle-ci n'en aura pas, car ce que les missions de bonheur sèment nous dépasse. Comme les graines de pissenlit qui peuvent voyager si loin et donner naissance à des milliers de petits soleils.

Je ne sais pas lire l'avenir mais je peux vous décrire le présent.

Le bureau des M.B.B. s'est installé au Café du Sourire. Chaque samedi, les missionnaires et leurs « agents à quatre pattes » viennent y faire le bilan de leur semaine. Notre groupe ne cesse de grandir. Le patron est ravi de nous recevoir. Il a même remercié Claire, car c'est grâce à son sourire que Fanette et moi sommes devenues des habituées et que son café marche si bien. En effet, il a été cité dans un article d'Edgar et ça l'a sorti des chiffres rouges et… de sa mauvaise humeur ! Il prévoit même de changer sa marquise et d'y inscrire : « Le Café du Sourire ».

Edgar assiste toujours à nos réunions, car il a été chargé par son journal de tenir la rubrique des missions de bonheur qui paraît désormais dans l'édition du dimanche en lieu et place de la rubrique des faits divers, d'habitude moins positifs. Ce sont les lecteurs qui ont réclamé d'être tenus au courant. Ils ont dit vouloir lire des articles inspirants. Il n'est pas rare désormais de voir dans le courrier des lecteurs des récits de missions menées par des habitants de la ville.

Moi, je n'ai pas retrouvé d'emploi de comptable. Je n'en cherche plus, car mes M.B.B. remplissent mes journées bien mieux que les livres de comptes.

Sylvie a adopté le septième toutou de l'élevage, une sœur de Fanette, qu'elle a appelée Lila. Elles habitent dans le petit studio derrière la cathédrale. Elles font la manche tous les jours, quand la météo et leurs nombreuses M.B.B. le leur permettent. Comme les gens les connaissent, ils sont plus généreux et un mi-temps leur suffit à vivre correctement. Et puis, Sylvie est mon assistante, mon bras droit et, même si c'est une activité sans salaire, c'est un travail important.

Léo est devenu l'ami de tous les fox de la bande à qui il a appris à sauver les dauphins. Lemaître le retrouve chaque mercredi pour le nourrir en livres. Il a dû pour cela sélectionner les meilleurs romans et albums pour enfants et a ainsi découvert de nombreuses perles. Il prend son rôle de parrain littéraire très à cœur. Gazigue, quant à lui, est le parrain sportif. Il l'accompagne fidèlement pour l'entraînement footballistique du futur champion du monde. Très souvent d'autres enfants sont là et le club des sauveurs de dauphins ne cesse de s'agrandir.

Diego et Gazigue concluent souvent la réunion des M.B.B. du samedi au Café du Sourire par un concert. Leur douceur plaît beaucoup aux clients et le patron leur a demandé de chanter régulièrement. Ce premier engagement leur permettra peut-être de sortir de la rue…

Cette belle histoire n'est pas finie. Au contraire, elle a tout juste commencé. Grâce aux réseaux sociaux, on voit de nouveaux bureaux de M.B.B. et des « Café du Sourire » apparaître un peu partout sur la planète. Le premier a ouvert en Islande dans le container à gaufres de Heike.

Quant aux « câlins gratuits », ils envahissent les zones piétonnes : depuis le parvis du centre

Pompidou à Paris, jusqu'à la fontaine Tinguely à Bâle, en passant par les Ramblas de Barcelone et même la place Tian'anmen à Pékin. Les gares et les aéroports sont devenus des endroits privilégiés pour cela : à Montréal, Moscou, Munich, Marrakech... des câlineurs accueillent les voyageurs qui ne sont attendus par personne.

Et partout ce sont des chômeurs, des retraités, des étudiants, des S.D.F., des artisans, des commerçants, des hommes et des femmes d'affaires, des futurs champions de foot qui nous rejoignent. Des groupes se créent, des amitiés naissent, c'est toute une dynamique positive qui est lancée grâce aux M.B.B.

Longue vie aux semeurs et aux bonheurs qu'ils sèment !

~~Fin~~

Début

Remerciements

Un grand merci à mes premières lectrices, Ray, Nathalie, Aurélie, Johanne, Emmanuelle, Isabelle, Laurence, Christelle et à mon premier lecteur, Vincent.

Ils ont tellement aimé le texte et ont tellement insisté (alors, que devient ton livre ?) que j'y ai cru moi-même. Leur enthousiasme et leur ténacité m'ont portée jusqu'à la publication.

Un grand merci aussi à Bernie et Corinne pour les corrections orthographiques, stylistiques, typographiques, à Charlotte pour le joli dessin de la première couverture, à Anne dont les critiques m'ont boostée, à Peter dont les idées m'ont permis d'enrichir ce texte.

Et bien sûr, un immense merci à toutes celles et ceux qui liront ce texte et aideront Perrine et ses amis dans leur projet d'égayer le monde.

Table des matières

Dans la même collection

30 histoires insolites qui ont fait la médecine, Jean-Noël Fabiani
À la folie, Clémentine Célarié
Affaires de famille, Agnès Naudin
Aliénor, l'insoumise, Isaure de Saint Pierre
Avec vue sur la mer, Didier Decoin
Blanquette, Laure Buisson
Bon à rien, Natalie David-Weill
Cabale pyramidion, Samuel Delage
Ces nazis qui ont échappé à la corde, Jean-Paul Picaper
Code Salamandre, Samuel Delage
Dans la tête de Donald Trump, Anne Toulouse
Dans son cœur sommeille la vengeance, Sonia Mabrouk
Déjeuner en paix, Charlotte Gabris
Deux femmes dans la tourmente, Teresa Messineo
Donne-moi des fils ou je meurs, Maud Jan-Ailleret
Et vous, vous y croyez ?, Hubert Prolongeau
Gump & Cie, Winston Groom
Harry et Franz, Alexandre Najjar
Histoires extraordinaires de la Résistance française 1940-1945, Dominique Lormier
Histoires extraordinaires de la Seconde Guerre mondiale, Dominique Lormier
Impasse Verlaine, Dalie Farah
J'ai décidé de vivre, David Milliat, Christophe Henning
Je suis né à 17 ans…, Thierry Beccaro
Johnny, le guerrier, Gilles Lhote
Juliette de Saint-Tropez, Valentin Spitz
L'écriture du monde, François Taillandier
L'homme qui fuyait le Nobel, Patrick Tudoret

Dans la même collection

L'odeur de l'herbe après la pluie, Patrick Jacquemin
La croix et le croissant, François Taillandier
La Fille du delta, Frédérick d'Onaglia
La petite bibliothèque du bonheur, Felicity Hayes-McCoy
La petite fille du phare, Christophe Ferré
La sœur du Roi, Alexandra de Broca
La Vengeance du loup, Patrick Poivre d'Arvor
La vie sauvage des femmes, Bénédicte Brézillon
Lâcher prise, Benoît Aymonier
Le Faux Pas, Frédérick d'Onaglia
Le Pacte interdit, Henri Bellotto
Le Parrain et le Rabbin, Sam Bernett
Le Pays d'où l'on ne revient jamais, Julien Thèves
Le petit café du bonheur, Felicity Hayes-McCoy
Le petit jardin du bonheur, Felicity Hayes-McCoy
Le peuple des abattoirs, Olivia Mokiejewski
Le Soleil rouge du tsar, Violette Cabesos
Le Squale, Francine Kreiss
Le Tableau, Laurence Venturi
Les 100 000 collabos, Dominique Lormier
Les Grandes Affaires de la Libération, Dominique Lormier
Les infirmières de Notre-Dame, * *Flavie*, Marylène Pion
Les infirmières de Notre-Dame, ** *Simone*, Marylène Pion
Les infirmières de Notre-Dame, *** *Évelina*, Marylène Pion
Les infirmières de Notre-Dame, **** *Les* Nursing Sisters, Marylène Pion
Les jeunes femmes de 50 ans, Mylène Desclaux
Les femmes du Général, Gérard Bardy
Les sandales blanches, Malika Bellaribi

Dans la même collection

Mademoiselle dite Coco, Madeleine Mansiet-Berthaud
Mai-juin 1940 : les causes de la défaite, Dominique Lormier
Merci maîtresse !, Anouk F.
Mes Jardins de Paris, Alain Baraton
Molière, chef de troupe, Francis Perrin
Mon cœur restera de glace, Éric Cherrière
Mon étrange sœur, Marie Le Gall
Mortelle tentation, Christophe Ferré
N'abandonnez jamais, ne renoncez à rien, Francis Huster
Nouvelles histoires extraordinaires de la Résistance, Dominique Lormier
On n'efface pas les souvenirs, Sophie Renouard
On s'aimera, Clémentine Célarié
Pourquoi je t'aime, Francis Huster
Poutine, Frédéric Pons
Quand Maman plantait des brosses à dents, Christelle Bardet
Quelle histoire !, Michèle Cotta
Requiem pour un chat, Olivier Bellamy
*Rumeurs d'un village, * La sentence de l'Allemand*, Marylène Pion
*Rumeurs d'un village, ** L'heure des choix*, Marylène Pion
Sortie(s) de secours, Caroline Langlade
Sous le manteau du silence, Claire Bergeron
Tyrannie, Richard Malka
Un écrivain, Laure Arcelin
Une aventure monumentale, Olivier Dutaillis
Vengeance à temps partiel (série *Sisterhood*), Fern Michaels
Zoo Station, David Downing

Imprimé en France par CPI
en mai 2021
N° d'impression : 2057362
Dépôt légal : août 2021
ISBN : 978-2-3791-3076-2

www.monpoche.fr